Kram ist ein Zwerg aus den Minen im Grauen Gebirge. Was ihm an Körpergröße fehlt, macht er mit seiner großen Klappe wett. Doch wenn ein Freund in Not ist, findet Kram immer die richtigen Worte.

Eara stammt von der Insel Hadria, wo das Wissen um die Zauberei weit verbreitet ist. Eines Tages will auch sie eine große Zauberin werden. Bis dahin arbeitet Eara fleißig daran, ihre Fähigkeiten zu erweitern.

Jens Baumeister

Andor Junior – Das Flüstern im Wald

Jens Baumeister

Andor® Junior

Das Flüstern im Wald

KOSMOS

Alle Illustrationen von Michael Menzel
Umschlagsgestaltung von Nakischa Scheibe, Fotografie + Design unter Verwendung einer Illustration von Michael Menzel
Der Erzähltext wurde vermittelt von der Literarischen Agentur Charlotte Larat rights & audio, Strasbourg

MIX
Papier aus verantwortungsvollen Quellen
FSC® C043106

Gedruckt auf chlorfrei gebleichtem Papier.

ISBN: 978-3-440-17653-5
Redaktion: Ines Glindemann
Lektorat: Janika Krichtel
Produktion: Verena Schmynec
Grundlayout und Satz: DOPPELPUNKT, Stuttgart
Druck und Bindung: Grafisches Centrum Cuno, Calbe
Printed in Germany / Imprimé en Allemagne

Inhalt

Der Zauberkristall

Ein angenehmer Wind strich an diesem schönen Sommertag um die Mauern der Rietburg. Vor deren Toren hatte Chada, die junge Bogenschützin, einen Strohballen aufgebaut. Er diente als Zielscheibe, mit deren Hilfe sie den anderen Kindern zeigte, wie man Pfeile darauf schoss.

„Halte den Bogen etwas höher, Thorn", sagte sie, und der folgte ihrer Aufforderung. Er spannte die Sehne, konzentrierte sich auf das Ziel und ließ los. Der Pfeil sauste zischend durch die Luft, und einen Moment später prallte er wenige Zentimeter neben dem Ziel gegen die Burgmauer.

„Och Mann!", beschwerte sich Thorn. „Schon wieder daneben."

„Aber die Höhe war diesmal viel besser", munterte Chada ihn auf. „Du hättest nur ein Stück weiter nach links zielen müssen, um den Wind auszugleichen."

„Das hab ich ja versucht", antwortete Thorn. „Aber egal, was ich mache – der blöde Pfeil fliegt immer gegen die Mauer."

Kram, der Zwerg, stand neben Chada und grinste. „Ist doch schon ein guter Anfang! Falls du mal von einer wild gewordenen Burgmauer bedroht wirst, kannst du dich problemlos verteidigen."

„Bäh!" Thorn streckte Kram die Zunge heraus, musste dabei

aber selbst lachen. „Ich hoffe doch, dass wir bald mal wieder ein richtiges Abenteuer erleben“, sagte er dann. „Zielübungen sind ja schön und gut, aber es ist schon viel zu lang her, dass wir wirklich mal jemandem helfen konnten.“

„Wir sind einfach zu gut“, erklärte Kram. „Nach unseren letzten Abenteuern haben alle Drachen, Gors und Skrale gelernt, dass man sich besser von Andor fernhält. Denn sonst kriegen sie es mit uns zu tun.“

Thorn lachte. „Dann bleiben uns wohl nur die Zielscheiben.“ Er reichte den Bogen an das zweite Mädchen der Gruppe weiter. „Hier Eara, willst du es mal versuchen?“

Eara schüttelte den Kopf. „Wozu ein Bogen, wenn man zaubern kann?“, sagte sie lachend. Sie holte einen grünlich schimmernden Kristall aus einer Tasche ihres violetten Gewands und umklammerte ihn mit einer Hand. Alle erkannten den Stein sofort wieder: Eara hatte ihn bei ihrem allerersten Abenteuer gefunden – in einer düsteren, uralten Höhle im Grauen Gebirge, in der sie einem gewaltigen Kraken begegnet waren. Eara sah, dass Chada etwas skeptisch auf den Kristall schaute, doch sie ignorierte das.

Eara murmelte etwas in einer Sprache, die die anderen Kinder nicht verstanden. Sekunden später kam ein starker Wind auf. Der Pfeil, den Thorn gerade abgeschossen hatte, hob sich vom Boden! Einen Moment lang ließ der Wind ihn in der Luft schweben. Er drehte sich hin und her, als wüsste er nicht genau, wohin er wollte – dann pustete die Böe ihn schnurgerade nach oben, bis fast auf Höhe der Mauerzinnen. Der Pfeil machte über den Köpfen der Kinder einen Looping, bevor der Wind ihn mit fantastischer Geschwindigkeit auf das Ziel zu blies! Das Stroh raschelte leicht, als sich die Pfeilspitze hineinbohrte.

Chada ging hinüber und begutachtete den Pfeil. „Genau in der Mitte getroffen."

Eara lächelte. „Wie gesagt: Wer braucht schon einen Bogen?"

Thorn nickte beeindruckt. „Deine Zauberei hat ganz schöne Fortschritte gemacht."

„Danke!", antwortete Eara. „Ich bin jetzt, glaube ich, schon besser als manche der Bewerber, die an der Feste von Yra angenommen werden."

Die Feste von Yra war die berühmteste Zauberakademie in ganz Hadria, Earas Heimatland. Man brauchte eine Menge Talent, um den Einstellungstest dort zu bestehen. Die Kinder wussten alle, dass es Earas größter Wunsch war, später auch einmal dort zu studieren.

Kram warf ihr einen spöttischen Blick zu. „Haben die in der Feste denn auch solche Kristalle für ihre Zauberei?"

Earas Miene verdüsterte sich. „Was willst du damit sagen?"

„Na ja – nichts gegen deine kleine Kunstflugvorführung, aber wie viel davon war denn dein Können und wie viel hat das grüne Glitzerding gemacht?"

„Willst du es ausprobieren?“ Eara hielt Kram den Kristall hin. „Bitte sehr. Aber ich glaube nicht, dass du mit ihm umgehen kannst.“

Chada sah Eara unsicher an. „Ich weiß nicht, ob das so eine gute Idee ist …“, begann sie.

Doch Thorn unterbrach sie. „Wieso denn nicht? Wenn wir mit deinem Bogen üben können, warum dann nicht auch mit Earas Kristall?“

Kram zögerte kurz, dann nahm er den Edelstein aus der Hand der jungen Zauberin. „Was muss ich jetzt tun?“, fragte er. „Muss ich irgendwas sagen – ‚Abrakadabra‘, ‚Simsalabim‘ oder so?“

„Du musst einfach einen Zauber ausführen“, erklärte Eara. „Und der Kristall macht ihn dann stärker.“

„Und wie führe ich einen Zauber aus?“, hakte Kram nach.

„Siehst du – genau das meine ich!“ Eara nahm ihm den Kristall wieder ab. „Wenn du nicht zaubern kannst, kann der Stein auch nichts für dich tun. Ich kann zaubern, und er hilft mir, meine Kräfte besser auszunutzen.“ Sie steckte ihn zurück in ihren Umhang. „Tut mir leid, dass ihr das nicht ausprobieren könnt.“

Chada runzelte die Stirn. „Hattest du nicht mal gesagt, dass du den Kristall nicht mehr benutzen willst, solange du nicht genau weißt, wie er funktioniert?“

Eara winkte lässig ab. „Ich weiß doch, wie er funktioniert. Er macht meine Zauberkraft stärker.“

„Ja, aber *wie* macht er das?“, beharrte Chada.

Die Zauberin rümpfte die Nase. „Das ist wieder typisch! Du willst immer alles bis ins Kleinste auseinandernehmen. Ich weiß, was der Kristall tut und wie ich ihn benutzen muss. Das reicht doch!"

Chada wollte noch etwas sagen, aber Thorn bekam ein wenig Angst, dass die beiden sich gleich streiten würden. „Soll ich euch mal zeigen, wie man *damit* umgeht?", fragte er und hielt sein Schwert in die Luft. „Das kann jeder lernen – egal ob mit oder ohne Zauberkraft!"

„Klar kann das jeder!", lästerte Kram. „Sonst hättest du ja kaum eine Chance, das Ding unter Kontrolle zu halten." Das brachte alle zum Lachen, und Thorn erkannte dankbar, dass die Anspannung für den Moment verflogen war.

Eine Weile später hatten alle einmal ihr Glück mit dem Schwert versucht.

Inzwischen war es schon so spät geworden, dass selbst der kleine Kram einen langen Schatten warf, und aus Richtung der Burgküche zog der Duft des Abendessens zu ihnen herüber.

„Mann, riecht das gut!", rief Thorn. „Die Übungen haben mich richtig hungrig gemacht. Ich glaub, ich könnte den ganzen Kochtopf allein aufessen!"

„Kein Problem!", erwiderte Kram. „Solange ich den Inhalt kriege, kannst du gern den Topf verspeisen – Gusseisen ist mir sowieso viel zu zäh."

Thorn musste grinsen. „Idiot“, sagte er lachend. Dann klopfte er seinem Freund auf die Schulter, und die beiden liefen gemeinsam durch das Tor der Rietburg in Richtung des Palas – des Hauptgebäudes der Burg.

Chada wollte ihnen bereits folgen, da spürte sie eine Hand auf ihrer Schulter. Es war Eara, die sie zurückhielt.

„Entschuldige bitte wegen eben“, sagte die Zauberin. „Das war nicht nett von mir, dass ich gesagt habe, du nähmst immer alles auseinander.“

Chada lächelte. „Na ja, ein bisschen stimmt das ja. So bin ich eben aufgewachsen. Die Bewahrer ordnen und sortieren das gesamte Wissen von Andor. Deswegen will ich immer wissen, wie und warum die Dinge funktionieren.“

Eara nickte. „Das ist ja eigentlich auch vernünftig. Aber dieser Kristall … Weißt du, als ich ihn damals in der Höhle mit dem Kraken gefunden habe, hat es sich einfach so *richtig* angefühlt. Verstehst du? So, als ob er da auf mich gewartet hätte und von mir gefunden werden wollte.“

Chada lachte. „Der hat da wahrscheinlich schon seit Jahrzehnten oder Jahrhunderten im Dunkeln gelegen. Ich glaube kaum, dass er da auf dich gewartet hat.“

„Ich weiß“, sagte Eara. „Ich meine ja nur, dass es sich so angefühlt hat. So, als ob er mir gehöre. Und wenn etwas mir gehört, dann kann ich es doch auch benutzen, oder?“

Chada hob unsicher die Schultern. „Wahrscheinlich hast du

recht“, sagte sie dann. „Wenn er wirklich nur die Kräfte verstärkt, die du sowieso schon hast, dann kann ja eigentlich auch nichts schiefgehen, oder?“

„Genau“, bestätigte Eara erleichtert.

Chada lächelte. „Auf jeden Fall bin ich dir nicht böse. Entschuldigung angenommen!“ Sie deutete zu Thorn und Kram, die schon fast am Eingang des Palas angekommen waren. „Und jetzt lass uns schnell zum Abendessen gehen, bevor die beiden alles aufgefuttert haben!“

Sie lief lachend Richtung Burg und Eara folgte ihr.

Die beiden drehten sich nicht um, während sie zum Palas liefen. Darum bemerkten sie auch nicht, dass gerade am Horizont, in weiter Ferne, eine Gestalt auftauchte.

Es war ein Reiter mit einer Botschaft. Und er steuerte sein Pferd geradewegs auf die Rietburg zu.

Ein unerwarteter Auftrag

Das Abendessen fand in der großen Halle der Rietburg statt, einem gewaltigen Saal, der heute aber recht leer war.

Die Gesellschaft saß verteilt an vier Tischen: An einem waren „die superwichtigen Leute“, wie Kram sie nannte. Darunter befanden sich der große, bärtige König Brandur mit seinem Sohn, dem achtzehn Jahre alten Prinzen Thorald, der breit-

schultrige Waffenmeister Harthalt und die Abgesandte Nelímar aus dem östlichen Nachbarland Tulgor. Das war ein Land, das sich hinter den Gipfeln des Fahlen Gebirges befand.

An zwei weiteren Tischen saßen die, die für Kram „die normal wichtigen Leute“ waren: Wachleute und Handwerker und das Küchenpersonal der Burg. Auch Casimir, der Hüter der Nachrichtenfalken und Lehrer der Burgkinder, war bei ihnen.

Am letzten Tisch schließlich saßen die Kinder: nicht nur Eara, Chada, Kram und Thorn, sondern noch Aćh und Forn.

Aćh war die Tochter der Gesandten aus Tulgor. Wie ihre Mutter hatte sie dunkle Haut und dunkle Haare. Auf ihrer Schulter saß ein großer, golden schimmernder Takuri mit Namen Turr. Takuris waren hochintelligente Zauberwesen und wurden von den Leuten in Tulgor oft für die Jagd, für Kämpfe oder als Wachtier abgerichtet.

Aćh hatte Turr auf ihrer Reise nach Andor in den Bergen gefunden und er hatte sich ihr angeschlossen. Eigentlich war sie noch zu jung, um eine Takuri-Hüterin zu sein, aber Aćh und Turr hatten mitgeholfen, die Rietburg vor dem bösen Zauberer Varkur zu retten. Damit hatte Aćh gezeigt, dass sie bereits reif genug war, sich um einen Takuri zu kümmern, und ihre Mutter hatte ihr schließlich erlaubt, Turr zu behalten.

Jetzt gerade knabberte der Takuri an einem Bund Felsenblumen, den Aćh ihm hinhielt. Der kräftige Lakritzgeruch der Pflanzen zog über den ganzen Tisch.

Kram sah kopfschüttelnd zu dem Zauberwesen. „Du hast echt einen komischen Geschmack, Turr. Dieses Kraut mieft so sehr, dass ich mein eigenes Essen nicht mehr schmecken kann."

„Also, mich stört es nicht", schaltete Forn sich ein, der neben Aćh saß. Forn sah ganz anders aus als die restlichen Kinder am Tisch: Seine Haut war rötlich schuppig, fast wie die einer Echse, und hinten hatte er einen langen Schweif.

Das lag daran, dass Forn ein Skral war – jedenfalls zur Hälfte. Skrale waren kämpferische Wesen, die schon oft versucht hatten, die Bewohner Andors anzugreifen. Forn war ein Waisenkind und kannte seine Eltern nicht, aber es war klar, dass ein Elternteil ein Skral und der andere ein Mensch gewesen sein musste. Von der Skralseite hatte er den Schweif und die rote Schuppenhaut, von der menschlichen Seite seine tiefblauen Augen.

Forn war als Adoptivkind in einer Skralhorde aufgewachsen, aber anders als die meisten Skrale hatte er nie viel vom Kämpfen gehalten. Als sein Adoptivvater ihn eines Tages als Spion in die Rietburg geschickt hatte, war er einfach dortgeblieben und hatte die Burg zusammen mit den anderen Kindern gegen die Angreifer verteidigt. Und als Belohnung hatte ihm König Brandur erlaubt, auf der Rietburg zu bleiben.

Forn deutete auf die Felsenblumen, die Turr mit zunehmender Begeisterung verzehrte. „Ich mag den Geruch." Er sah sich um, um zu sehen, ob ihm jemand zustimmte. Doch stattdessen fing Eara plötzlich an, laut zu lachen. Forn war ein bisschen beleidigt. „Was ist denn daran so lustig?"

Eara schüttelte den Kopf, musste aber schon wieder lachen. „Gar nichts! Entschuldige bitte!" Sie deutete nach unten. „Rutan schlabbert mir nur gerade die Füße ab. Das kitzelt!"

Jetzt schauten alle unter den Tisch. Und wirklich: Dort saß ein kleiner, grauer Wolf, der voller Hingabe an Earas Füßen leckte!

„Lass das, Rutan!", rief Eara. „Bitte!"

Chada sah Kram und Thorn an und hob die Augenbrauen. „Wenn Rutan hier ist, sind Merla und Lonas bestimmt auch nicht weit. Wetten?“

Thorn nickte. „Garantiert!“

Und wirklich: Einen Moment später sahen sie zwei weitere Wolfswelpen durch die Halle flitzen! Die Kinder kannten die Tiere gut. Es waren Zauberwölfe, mit denen sie schon viele Abenteuer erlebt hatten.

Jetzt tollten sie so wild unter dem Tisch herum, dass Thorn beruhigend einzugreifen versuchte. „Hey, ruhig ihr drei! Was ist denn heute los mit euch?“

Doch die Wölfe waren offenbar so aus dem Häuschen, wieder bei den Kindern zu sein, dass sie sich einfach nicht besänftigen ließen. Jetzt versuchte Rutan sogar, auf den Esstisch der Kinder zu springen!

„Sch, lass das!“, rügte Eara ihn. „König Brandur guckt schon!“

Tatsächlich schaute der König gerade stirnrunzelnd zum Tisch der Kinder herüber.

Thorn schluckte unwohl. Normalerweise war Brandur ein freundlicher und humorvoller Mann – aber auch er hatte Tage, an denen er nicht so gut gelaunt war – und vielleicht war ja heute so ein Tag?

Den drei Wolfswelpen schien das alles nichts auszumachen. Sie hatten jetzt endgültig entschieden, dass es auf dem Tisch spannender war als darunter. Mit einem entschlossenen *Hops* sprang Lonas auf den Tisch, mitten zwischen die Teller und Schüsseln!

Das wiederum gefiel Turr so gar nicht und er hüpfte aufgeregt auf Aćhs Schulter auf und ab. Dabei ließ er ein missbilligendes Kreischen hören. Lonas erschrak daraufhin so sehr, dass er mit seinen Hinterbeinen direkt auf dem Stiel eines langen Holzlöffels trat, der in einer großen Schüssel voller Kartoffelbrei steckte.

„Nein!“, rief Chada noch, doch es war zu spät: Der Löffel schnellte wie ein Katapult nach oben und ein riesiger Flatsch Kartoffelbrei flog in hohem Bogen quer durch den Saal!

Allen blieben die Münder offen stehen, als ihre Blicke dem Flug des Breis folgten. Er sauste über die Kinder hinweg und segelte über die Tische mit den Wachen, Handwerkern und Dienstleuten hinweg – unaufhaltsam auf dem Weg zu seinem Ziel.

Dieses Ziel hatte weiße Haare, einen dichten Bart, und buschige Augenbrauen – es war König Brandur!

Mit einem gewaltigen *Platsch* landete eine Ladung Kartoffelpüree direkt im Gesicht des Königs!

Danach war es plötzlich ganz still – allen hatte es vor Schreck die Sprache verschlagen. Die Kinder sahen unsicher zum König, dem das Püree vom Bart tropfte.

Prinz Thorald war noch nie ein großer Freund der Kinder gewesen. Jetzt sah er seine Gelegenheit gekommen. Er sprang auf und deutete wütend auf den Tisch, an dem die sechs saßen. „Diesmal habt ihr es zu weit getrieben!", rief er. „Dafür werdet ihr bestraft!" Dann drehte der Prinz sich zu seinem Vater. „Das wirst du ihnen doch nicht durchgehen lassen, oder?"

König Brandur schwieg einen Moment, dann strich er sich mit den Fingern das Püree aus dem Bart. Danach leckte er sich die Finger sauber und runzelte die Stirn. „Ist das Püree an eurem Tisch anders gewürzt als meines?“, fragte er dann. „Es schmeckt irgendwie besser.“

Einen Moment lang sahen alle den König überrascht an. Dann fand Kram als Erster die Sprache wieder. „Ich bitte den Koch immer darum, noch eine Prise Muskat dranzutun“, erklärte er dann. „Und die Welpen wollten wahrscheinlich, dass Sie auch mal probieren, wie gut das schmeckt, Herr König.“

Der König lachte – und alle stimmten erleichtert ein.

„Das soll er demnächst ruhig mal für alle Tische machen!“, erklärte er.

Ach gab Kram einen kräftigen Klaps auf die Schultern: „Gut gemacht!“

Nur Prinz Thorald konnte nicht glauben, was er da gehört hatte. „Das kann doch nicht alles gewesen sein!“, rief er und sah seinen Vater an. „Die haben deine Ehre befleckt. Das muss bestraft werden!“

Der König schüttelte langsam den Kopf, während er sich mit einer Serviette das restliche Kartoffelpüree aus dem Gesicht wischte. „Die Kinder haben gar nichts gemacht – es waren die Wolfswelpen. Und die haben nicht meine *Ehre* befleckt, sondern höchstens meinen Bart. Die Kinder haben ja sogar noch versucht, sie aufzuhalten.“

„Pah!“, rief der Prinz. „Sie hätten verhindern müssen, dass diese Viecher überhaupt hier hereinkommen.“

Brandur stand auf, legte dem Prinzen eine Hand auf die Schulter und drückte ihn sanft zurück auf seinen Stuhl.

„Es gibt etwas sehr Wichtiges, was ein Herrscher lernen muss: nämlich, dass niemand alles kontrollieren kann. Weder er selbst noch andere. Und das Zweitwichtigste ist, dass ein Lächeln oder ein Augenzwinkern oft mehr Wirkung zeigt als eine Strafe.“ Der König sah den Prinzen ernst an. „Das verstehst du doch, mein Sohn, oder?“

Prinz Thorald merkte, dass der ganze Saal dem Gespräch gelauscht hatte. Er sah unwohl zu Boden. „Ja, Vater. Natürlich.“

Brandur lächelte und setzte sich wieder. „Sehr gut. Dann können wir ja mit dem Essen fortfahren.“

Doch er hatte diese Worte kaum ausgesprochen, da öffnete sich die Tür des Saals und ein Wächter trat herein. „Majestät, ein berittener Bote mit einer Nachricht aus dem östlichen Rietland ist gerade eingetroffen!“

„Und die kann nicht bis nach dem Essen warten?“, brummte der König.

„Er sagt, es sei dringend“, kam die Antwort.

„Nun gut, er soll hereinkommen.“

Alle Augen waren nun auf die Tür gerichtet, durch die einen Moment später der Bote trat. In seiner Hand hielt er eine versiegelte lederne Büchse, in der sich die Botschaft befand.

Der Bote neigte kurz den Kopf, um Brandur zu begrüßen. „Majestät.“ Dann hielt er ihm die Büchse hin.

Der König nahm sie entgegen und erbrach das Siegel. Dann zog er ein zusammengerolltes Blatt Papier heraus und strich es glatt.

Einen Moment lang las er still, dann überlegte er kurz. Schließlich schüttelte er den Kopf. „Und das soll so dringend sein, dass es nicht bis nach dem Essen warten kann?", wunderte er sich.

Der Bote hob die Schultern. „Der Bauer, der es mir gab, sagte, dass ich es Euch unverzüglich überbringen solle."

„Worum geht es denn?", wollte Prinz Thorald wissen und auch die Kinder spitzten neugierig die Ohren. Selbst die Wolfswelpen schauten aufmerksam zu ihm herüber.

„Es ist eine Nachricht von Bauern weit im Osten des Rietlands", erklärte König Brandur. „Angeblich treibt sich dort eine Horde wilder Tiere herum, die die Felder verwüsten. Sie möchten gern, dass jemand nach dem Rechten sieht."

„Soll ich einen Trupp zusammenstellen, der sich um diese wilden Tiere kümmert?", fragte der Waffenmeister Harthalt.

Doch der König lächelte nur und schüttelte den Kopf. „Nicht nötig. Ich weiß schon, wen ich schicken werde." Er sah zu den Kindern hinüber. „Ihr hattet in letzter Zeit nicht viel außerhalb der Mauern der Burg zu tun, oder?", fragte er.

Die Kinder schüttelten die Köpfe. Chada merkte, dass ihr Herz aufgeregt zu klopfen begann.

„Dann ist das doch eine gute Gelegenheit, das zu ändern",

erklärte der König. „Ihr werdet euch morgen früh auf den Weg zu diesem Bauernhof machen und herausfinden, wer oder was die Felder so verwüstet hat."

Chada und Kram sahen sich begeistert an: Endlich mal wieder raus aus der Burg. Eara und Thorn schauten nicht ganz so erfreut. „Heißt das, wir sollen Wildschweine verscheuchen?", murmelte Thorn so leise, dass der König es nicht hören konnte.

König Brandur fuhr fort: „Und weil jeder Erkundungstrupp einen Anführer braucht, gebe ich euch jemanden mit, der unbedingt Erfahrung darin sammeln muss, wie man Leute anführt." Er drehte sich zu seinem Sitznachbarn. „Meinen Sohn, Prinz Thorald!"

Schlagartig war es mit Krams und Chadas Freude vorbei. „Der olle Thorald soll mitkommen?!", zischte Kram. „Ich glaub, da schreibe ich lieber eine Woche jeden Tag Diktat bei Casimir."

Auch der Prinz sah alles andere als begeistert aus. „Meinst du wirklich, dass das eine gute Idee ist, Vater?"

„Das meine ich", sagte der König in einem Ton, der keine Widerrede duldete. „Und ich erwarte, dass du diese Aufgabe vorbildlich ausführst."

Prinz Thorald seufzte, sagte aber nichts. Und auch wenn er und die Kinder ansonsten so gut wie nie einer Meinung waren – diesmal konnte man ihnen ansehen, dass sie ausnahmsweise alle das Gleiche dachten: Das würde ein ganz schön anstrengender Auftrag werden!

Auf ins Abenteuer

Später am Abend lagen Thorn und Kram in ihrem gemeinsamen Zimmer in den Betten. Thorn hatte die Öllampe schon gelöscht und nur das Mondlicht erhellte den Raum. Eigentlich hätten sie jetzt schlafen sollen. Eigentlich …

Doch sie waren beide hellwach. Kram wälzte sich unruhig hin und her und schaute dann zu Thorn, dessen Bett auf der anderen Seite des Raumes stand. Auch er hatte die Augen noch geöffnet.

„Denkst du dasselbe, was ich denke?“, fragte Kram mürrisch.

Thorn seufzte. „Ich glaube schon. Aber der König hat entschieden, dass wir mit Thorald losziehen sollen.“

„Aber warum denn nur?“, klagte Kram.

Bevor Thorn ihm antworten konnte, klopfte es leise an der Tür. „Können wir reinkommen?“, flüsterte Chada.

„Klar!“, antwortete Thorn.

Einen Moment später standen Eara und Chada im Raum – beide trugen schon ihre Schlafanzüge.

„Könnt ihr auch nicht schlafen?", fragte Thorn, als sie die Tür hinter sich zugezogen hatten.

„Was machen wir denn jetzt?", fragte Eara. „Ein paar Tage allein mit Thorald sind das Schlimmste, was ich mir vorstellen kann. Wisst ihr noch, wie er sich aufgeführt hat, als die Skrale die Rietburg angegriffen haben? Er hätte uns fast in den Kerker geworfen, nur weil er nicht kapiert hat, dass wir die Burg retten wollten."

„Vielleicht hat er ja daraus gelernt", überlegte Chada vorsichtig.

Kram zog die Augenbrauen hoch. „Klar – und vielleicht wache ich morgen früh auf und bin zwei Meter groß. Darauf wetten würde ich aber nicht." Er sah entschlossen in die Runde. „Wir müssen dem König klarmachen, dass das eine schlechte Idee ist."

„Und wie sollen wir das machen?", fragte Eara. „Willst du morgen zu König Brandur gehen und ihm sagen: ‚Entschuldigen Sie, aber wir mögen Ihren Sohn nicht?'"

Kram stemmte trotzig die Hände in die Hüften. „Warum denn nicht? Ich hab ihm schon ganz andere Sachen gesagt."

Chada schüttelte den Kopf. „Das geht nicht. Egal, wie gut du dich mit dem König verstehst: Thorald gehört zu seiner Familie. Wir nicht."

„Und was machen wir dann?", wollte Kram wissen.

„Es unterwegs irgendwie mit dem Prinzen aushalten", sagte Thorn. „Es sind ja nur ein paar Tage."

„Schon ein paar Tage mit dem Kerl sind ein paar Tage zu viel“, brummte Kram.

Eara gähnte. „Jetzt sollten wir aber erst mal schlafen. Wenn wir uns schon mit Thorald abgeben müssen, will ich wenigstens einen klaren Kopf haben.“

Die Mädchen standen auf, verabschiedeten sich und gingen in ihr Zimmer.

Kram kuschelte sich wieder unter seine Bettdecke und rollte mit den Augen. „Einen klaren Kopf haben …“, wiederholte er. „Meinetwegen können wir auch so lang schlafen, bis wir den Typen wieder los sind.“

Das wäre allerdings nur schwer möglich gewesen. Denn schon um fünf Uhr morgens, kurz nach Sonnenaufgang, wurden die Kinder durch lautes Klopfen an ihren Türen aus dem Schlaf gerissen.

„Aufstehen und zur Abreise bereit machen!“, tönte die Stimme eines Wachmanns durch den Flur. Etwas leiser, fast entschuldigend, fügte er hinzu: „Befehl von Prinz Thorald.“

Keines der Kinder war davon begeistert.

Im Zimmer der Mädchen schob sich Chada verschlafen die Haare aus dem Gesicht und stöhnte auf. „Das meint der nicht ernst, oder? Ich hab doch noch nicht einmal gepackt!“

Eara nickte gähnend und quälte sich aus ihrem Bett.

Ein Stück weiter den Flur hinab, im Zimmer der Jungen, brummte Kram etwas nicht sehr Nettes, in dem Thoralds Name vorkam. Dann drehte er sich auf die andere Seite, um weiterzuschlafen.

Aber Thorn zog ihm entschlossen die Bettdecke weg. „Komm schon! Wir müssen los! Befehl des Königs."

Der Zwerg setzte sich murrend auf. „Schon gut, ich stehe ja auf. Aber nur unter Protest!", erklärte er, während er sich den Schlaf aus den Augen rieb.

Eine halbe Stunde später versammelten sich alle vier im Burghof, wo Prinz Thorald schon auf sie wartete. Der Prinz stand kerzengerade da und trug eine glänzende Rüstung. Sein Gepäck war auf ein weißes Pferd geschnallt, das neben ihm stand.

Die vier Kinder dagegen sahen ziemlich zerzaust aus. Alles hatte so schnell gehen müssen. Sie hatten ihre Sachen einfach in ihre Rucksäcke gestopft und waren dann nach unten geeilt.

Der Prinz rümpfte die Nase. „Na ja – eine ordentliche Vorbereitung sieht anders aus. Aber immerhin habt ihr eure Waffen dabei. Auch wenn ich nicht weiß, wofür *ihr* welche brauchen solltet …"

Thorald begann, auf und ab zu gehen, und sprach dabei weiter auf die Kinder ein. „Mein Plan ist folgender: Wir reiten zu dem Bauern, der die Nachricht geschickt hat. Dort finde ich heraus, welche Art von Kreatur seine Felder verwüstet hat, besiege sie, und dann reiten wir zurück."

Chada stellte die Frage, die allen auf der Zunge lag: „Und was machen wir dann so lang?"

„Still sein und lernen", erwiderte der Prinz knapp. „Und möglichst nicht im Weg herumstehen."

Thorald blickte sich scheinbar suchend um und fragte dann ganz überrascht: „Sagt mal, wo sind denn eigentlich eure Pferde?" Die Kinder waren sich sicher, dass er nur so tat, als wundere er sich darüber.

„Uns hat niemand etwas von Pferden gesagt …", erklärte Eara.

„Euch sagt auch niemand, dass ihr atmen sollt, aber ihr macht es trotzdem", unterbrach der Prinz sie barsch. „Für Erkundungstouren braucht man Pferde. Und ihr habt keine."

„Ich gehe schnell rüber zu den Ställen und hole welche", bot Chada an.

Prinz Thorald schüttelte den Kopf. „Das dauert zu lang." Er

sah die Kinder mit schlecht gespieltem Bedauern an. „Dann müsst ihr wohl leider laufen, während ich reite."

„Aber verlieren wir damit nicht mehr Zeit, als wenn wir jetzt schnell Pferde holen würden?", fragte Thorn.

„Vielleicht", gab der Prinz zu. „Aber dafür gewinnt ihr etwas sehr viel Wichtigeres: nämlich Erfahrung! Wetten, dass euch das danach nie wieder passiert?"

„Der hat uns doch absichtlich nichts von Pferden gesagt, jede Wette!", sagte Eara leise.

Kram nickte. „Garantiert! Dabei erzählt der Kerl doch sonst so gern einen vom Pferd …"

Thorn sah sich suchend um. „Wo sind eigentlich Aćh und Forn?"

„Stimmt!", rief Chada. „Auf die müssen wir auf jeden Fall warten!"

Der Prinz schüttelte kühl den Kopf. „Ich soll mit euch vieren gehen", sagte er. „Mit niemandem sonst."

„Das kann nicht sein!" Kram stampfte mit dem Fuß auf. „Aćh und Forn gehören zu uns!"

Eara nickte bestätigend, da hörten die Kinder eine Stimme hinter sich: „Ein Glück, ihr seid noch nicht weg!"

Es war Forn, der zusammen mit Aćh über den Hof auf sie zurannte! Über ihnen flog Turr.

Eara lachte auf. „Da seid ihr ja! Prinz Thorald wollte schon, dass wir ohne euch losgehen."

„Wir kommen auch nicht mit“, bestätigte Aćh. „Wir wollten uns nur noch schnell von euch verabschieden!“

Chada sah sie verwirrt an. „Ihr kommt nicht mit?! Aber warum denn nicht?“

Forn nickte kurz in Richtung des Prinzen. „Glaubst du, ich würde freiwillig Zeit mit *dem da* verbringen wollen?“, sagte er leise. „Außerdem ist das Heldendasein nicht so mein Ding.“

„Ich wäre gern mitgekommen!“, schaltete Aćh sich ein. „Und der König hätte es sogar erlaubt. Aber meine Mutter meint, dass ich lieber für die Schule lernen soll.“ Sie zeigte auf den Takuri, der über ihnen kreiste. „Ich hab mich in letzter Zeit ein bisschen viel um Turr gekümmert und ein bisschen wenig um meine Hausaufgaben.“

Prinz Thorald klatschte in die Hände. „Na los! Tempo! Machen wir uns auf den Weg.“ Er stieg auf sein Pferd und das Tier trottete langsam in Richtung Tor.

Kram verzog das Gesicht. „Seid froh, dass ihr nicht mitkommen müsst“, sagte er zu Aćh und Forn. „Ich glaube nicht, das ihr viel verpasst.“

„Wir haben noch etwas für euch.“ Forn hielt ihnen einen Beutel hin.

„Verpflegung für den Weg“, erklärte Aćh. „Bei so viel Lauferei könnt ihr die sicher gut gebrauchen.“

„Danke!“, sagte Chada. „Wir haben eben auch noch ein bisschen was zusammengepackt, aber das hätte nie gereicht.“

Thorn deutete in Richtung Tor. Der Prinz war schon fast hindurchgeritten. „Wir müssen los! Sonst holen wir Thorald nie ein."

Die vier liefen rasch dem Prinzen hinterher. Aćh und Forn winkten ihnen nach. Aćh schüttelte den Kopf. „Dass der Prinz mit dabei ist, ist ja schon blöd – aber ich wäre trotzdem gern mitgegangen."

Forn gähnte. „Ich bin froh, dass ich mich jetzt wieder schlafen legen kann."

Während Forn sich auf den Weg zurück in sein Zimmer machte, sah Aćh den anderen noch einen Moment lang nach. Was für ein Abenteuer ihnen wohl bevorstehen mochte?

Prinz Thorald gewinnt an Erfahrung

Die Rüstung des Prinzen glänzte so hell in der Sonne, dass es die Kinder blendete, wenn sie in seine Richtung blickten. Er ritt langsam genug, dass die vier mit ihm Schritt halten konnten, aber trotzdem so schnell, dass es ziemlich anstrengend für sie war. Einmal bat Chada ihn, etwas langsamer zu machen, doch Thorald lachte nur. „Bewegung ist gut für den Charakter", erklärte er kühl und behielt das gleiche Tempo bei.

„Das könnte stimmen", grummelte Kram leise. „Ich meine, er sitzt da oben und bewegt sich kein Stück. Und sein Charakter …"

„Psst!", unterbrach Chada ihn. „Wenn er so etwas hört, wird er nur noch unausstehlicher."

„Geht das überhaupt?", fragte Kram leise. Doch er hielt sich von nun an etwas zurück.

Plötzlich raschelte es im Gras. Die Kinder sahen überrascht in die Richtung, aus der das Geräusch kam, und einen Moment später spurtete ein schwarzer Wolfswelpe auf sie zu.

„Lonas!“, rief Thorn erfreut.

„Und da sind ja auch Rutan und Merla!“, jubelte Eara. „Super!“

Die drei Wölfe liefen zu den Kindern und ließen sich begeistert streicheln.

Die Aufregung blieb dem Prinzen nicht verborgen. Er brachte sein Pferd zum Stehen und blickte mürrisch auf die Tiere hinab. „Wer hat euch erlaubt, die Viecher mitzunehmen?“

„Das sind keine *Viecher,* sondern Wölfe“, berichtigte ihn Thorn. „Und wir nehmen sie ja gar nicht mit, sie haben selbst entschieden, uns zu folgen.“

„Und wer hat ihnen das erlaubt?“, beharrte der Prinz. Er sah Lonas direkt in die Augen. „Los! Kusch! Macht euch davon!“

Lonas hielt inne und knurrte leise. Thorn wollte ihn zurückhalten, aber Kram stieß seinen Freund leicht in die Seite und schüttelte grinsend den Kopf.

„Lass ihn mal“, flüsterte er. „Das wird sicher lustig.“

Der Prinz ließ sein Pferd einen Schritt auf den kleinen Wolf zu machen. „Verschwinde!“, rief er ihm zu. „Ihr habt hier nichts zu suchen!“

Lonas rührte sich nicht und hielt Thoralds Blick stand. Das Pferd des Prinzen schüttelte nervös den Kopf und wollte sich rückwärts von Lonas entfernen, aber Thorald hielt es mit einem Zug an den Zügeln davon ab. „Nichts da“, erklärte er dem Pferd. „Wir bleiben, wo wir sind. Das Vieh dort ist es, das verschwinden muss.“

Da reichte es Lonas offenbar. Er ließ ein bedrohliches Knurren hören, dann plötzlich begann sein ganzer Körper zu zittern. Die Kinder wussten sofort, was gleich geschehen würde, und auch Prinz Thorald wurde zu spät klar, worauf er sich eingelassen hatte: Lonas war schließlich ein Zauberwolf – und nun setzte er seine Kraft ein!

Innerhalb von Sekunden war der Körper des Wolfswelpen größer als Prinz Thoralds Pferd! Das arme Reittier entschied, dass es eine ziemlich blöde Idee wäre, weiterhin direkt vor diesem Riesenwelpen zu stehen. Es bäumte sich so plötzlich auf, dass Prinz Thorald den Halt verlor und vor den Kindern auf den Weg fiel. Dann rannte es davon, so schnell es konnte!

Die Rüstung war so unpraktisch, dass Prinz Thorald nicht aufstehen oder sich auf den Bauch drehen konnte. Er lag hilflos wie ein Käfer auf dem Rücken.

„Halt!", rief er dem Pferd nach. „Komm sofort zurück!" Doch das Tier hörte nicht.

Dafür kam Lonas auf ihn zu und stupste den Prinzen mit seiner riesigen Schnauze neugierig an.

„Lass das!", schrie dieser entsetzt auf, doch er schaffte es immer noch nicht, aufzustehen.

Ängstlich versuchte Prinz Thorald, sich von dem Wolf wegzuschieben. Doch nicht einmal das schaffte er in seiner klobigen Rüstung. Ihm blieb nichts anderes übrig, als wild mit den Beinen zu strampeln, um den Riesenwelpen abzuwehren.

Lonas schien das gar nichts auszumachen – er hatte sogar richtig Spaß an der Sache und schnappte fröhlich nach den zappelnden Beinen des Prinzen. Natürlich, ohne Thorald dabei wirklich wehzutun! Dieses Spiel erregte die Neugierde von Merla und Rutan, die nun ebenfalls zum Prinzen liefen und ihn begeistert verbellten.

„Hört auf damit!", rief der Prinz. „Hört sofort auf!" Er sah zu den Kindern. „Tut doch was! Ruft diese Bestien zurück!"

Kram schüttelte bedauernd den Kopf. „Eure Hoheit erinnern sich doch sicher, was Euer Vater gestern gesagt hat: Es ist wichtig, die Grenzen der eigenen Macht zu erkennen. Und wir können Lonas leider nichts befehlen."

Chada schaltete sich ein. „Ich glaube aber, dass Lonas und die anderen beiden bereit wären, aufzuhören, wenn Ihr euch bei ihnen entschuldigen würdet."

„Entschuldigen?!", rief der Prinz fassungslos.

„Und ihnen erlauben würdet, uns zu begleiten", fügte Eara hinzu.

„Das ist doch nicht euer Ernst!", zischte der Prinz.

„Wir haben das nicht zu entscheiden", sagte Thorn mit gespieltem Bedauern in der Stimme. „Wir versuchen nur, herauszufinden, was die Tiere möchten."

Jetzt legte Lonas die Schnauze gegen die Rüstung des Prinzen und schob ihn so bestimmt einen halben Meter über den staubigen Weg.

„Schon gut", presste Thorald mit zitternder Stimme hervor. „Entschuldigt bitte, ihr Wölfe, dass ich euch Biester und Viecher genannt habe. Und wenn ihr wollt, dürft ihr mitkommen."

Lonas trat einen Schritt nach hinten und wuffte erfreut. Dann schrumpfte er plötzlich wieder auf normale Welpengröße zusammen. Auch Merla und Rutan ließen wieder von dem Prinzen ab und liefen zurück zu den Kindern.

Der Prinz versuchte sich aufzurappeln, aber die Rüstung machte es ihm noch immer unmöglich. Ärgerlich sah er zu den Kindern hinauf. „Los, helft mir!"

Während sich Lonas gähnend vor Thorns Füßen zusammenrollte, packten Chada und Eara je einen Arm des Prinzen und halfen ihm auf die Beine.

„Wo ist mein Pferd?", brummte der, als er wieder stand.

Kram deutete den Weg hinunter. „Das ist schon mal vorausgegangen, glaube ich."

Der Prinz fluchte leise. Kram hingegen grinste. „Macht euch nicht zu viel daraus, Hoheit. Ihr habt vielleicht Euer Pferd verloren, aber dafür gewinnt Ihr etwas viel Wichtigeres."

Prinz Thorald sah ihn verständnislos an. „Was meinst du?"

Die vier Kinder wechselten verstohlene Blicke, dann antworteten sie gleichzeitig: „Erfahrung!"

Der Prinz schrie wütend auf, dann drehte er sich um und marschierte seinem Pferd hinterher. Die Kinder kicherten. Thorn nahm den schlafenden Lonas auf den Arm, dann folgten er und die anderen dem Prinzen, während Merla und Rutan neben ihnen herliefen.

Ein Friedensangebot mit Käse

Der Bauer, der die Nachricht geschickt hatte, wohnte am anderen Ende des Rietlands, nahe dem Fluss Narne. Der Weg dahin war weit, und die Sonne stieg immer höher in den Himmel, während Thorald und die Kinder immer weiterliefen.

Irgendwann knurrte Krams Magen unüberhörbar.

„Hast du eigentlich immer Hunger?“, wunderte sich Eara. „Wie kann man so klein sein und trotzdem so viel essen?“

„Ich versuche halt immer noch, groß und stark zu werden“, konterte Kram. „Aber irgendwie klappt nur eines davon.“

„Ich könnte aber auch etwas vertragen“, gab Chada zu. „Wollen wir nicht mal gucken, was Aćh und Forn uns eingepackt haben?“

Kram öffnete den Beutel – und ihm lief sofort das Wasser im Mund zusammen! Da waren vier Wasserflaschen, dazu Brote, die dick mit Käse und Kräutern belegt waren, Äpfel aus dem Garten der Rietburg und sogar geröstete Maiskolben!

„Wahnsinn!“, rief Thorn und biss in einen Apfel. „Wann haben die das denn alles gepackt?“

„Gestern Nacht wahrscheinlich“, meinte Eara und nahm sich ein Käsebrot. „Das ist echt nett von den beiden.“

Chada sah nachdenklich zum Prinzen, der ein Stück vor ihnen lief. Die Sonne schien ihm auf die Rüstung, und Chada war sich sicher, dass ihm darin inzwischen ganz schön heiß sein musste.

„Leute", sagte sie zu den anderen. „Wollen wir Thorald nicht fragen, ob er auch etwas haben will?"

Kram verschluckte sich fast an seinem Maiskolben. „Spinnst du?!", rief er hustend. „Der ist selbst schuld, dass ihm das Pferd mit seinem Proviant durchgegangen ist."

„Ja, schon", gab Chada zu. „Aber wenn wir jetzt nett zu ihm sind, ist er danach vielleicht auch ein wenig netter zu uns."

Thorn sah sie überrascht an. „Das glaubst du doch nicht wirklich, oder?"

„Einen Versuch ist es wert", erwiderte Chada. „Wenn wir es nicht versuchen, werden wir nie herausfinden, ob es funktioniert."

Eara kratzte sich am Kopf. „Vielleicht ist die Idee gar nicht so schlecht. Was haben wir schon zu verlieren?"

„Essen!", antwortete Kram mit vollem Mund. „Gutes Essen."

Chada lachte. „Ich glaube, davon haben wir so viel, dass wir ohne Probleme einen Teil abgeben können."

„Na gut", lenkte Kram ein. „Aber wenn er danach immer noch so unausstehlich ist wie vorher, krieg ich einen Monat lang deinen Nachtisch!"

Er hielt Chada die Hand hin und die schlug ein. „Abgemacht! Los, lasst uns was für ihn raussuchen."

Es war gar nicht so leicht, für den Prinzen etwas zu essen herauszusuchen und weiterhin mit ihm Schritt zu halten. Zum Glück hatte Kram noch einen überzähligen kleinen Beutel dabei, in dem sie das Ausgewählte verstauen konnten. Nach einiger Zeit hatten sie eine kleine Auswahl zusammengestellt und Chada packte noch eine der Wasserflaschen dazu.

„Das sollte reichen", erklärte sie. „Ich bringe ihm die Sachen."

Die anderen sahen Chada hinterher, während sie mit dem Essen und Trinken nach vorn zum Prinzen ging. Sie waren zu weit weg, um zu hören, was die beiden sagten, aber sie sahen, dass der Prinz zunächst abwehrend die Arme hob und den Kopf schüttelte.

Chada ließ sich davon aber nicht beirren und hielt ihm den Beutel Essen und die Wasserflasche hin. Der Prinz lehnte wieder ab, aber diesmal wirkte er schon weniger überzeugt.

Und als sie ihm die Sachen zum dritten Mal anbot, nahm er sich schließlich ein Käsebrot heraus und biss hinein.

Ein paar Minuten später kam die junge Bewahrerin zurück zur Gruppe. Sofort bestürmten die anderen sie mit Fragen.

„Wieso hat er denn das Essen nicht sofort genommen?", wollte Kram wissen.

„Er hat gesagt, dass sich das nicht gehöre. Ein Anführer solle nicht von Geschenken seiner Leute abhängig sein."

„Häh?", wunderte sich Thorn. „König Brandur hatte noch nie ein Problem damit, wenn wir ihm etwas geschenkt haben."

„Ja, aber der König ist auch ganz anders als Thorald", warf Eara ein.

Einen Moment lang liefen sie schweigend weiter und beobachteten die Wolfswelpen, die neben ihnen im Gras herumtollten. Dann fiel Kram etwas ein: „Der Bauer, zu dem wir gehen, hat ja geschrieben, dass irgendetwas seine Felder verwüstet hat. Was meint ihr, was das für ein Wesen war?"

„Schwer zu sagen, solange wir die Spuren nicht gesehen haben", antwortete Chada. „Der Hof ist ja beim Fluss – und auf der anderen Seite der Narne ist der Wachsame Wald. Da gibt es jede Menge Tiere. Vielleicht sind ein paar Streifenmarder mal über die Taubrücke herübergekommen."

Alle vertrauten ihren Worten sofort, denn Chada kannte sich in dieser Gegend aus: Das Volk der Bewahrer, aus dem sie stammte, lebte im Wachsamen Wald. Die Bewahrer sahen es als ihre Aufgabe, das Wissen Andors zu sammeln, zu bewahren und zu bewachen. Darum verließen sie den Wachsamen Wald so gut wie nie – und wenn, entfernten sie sich selten weit von ihm.

Doch Chada hatte mehr von der Welt sehen wollen. Deshalb war sie eines Tages fortgelaufen und auf die Rietburg gekommen, wo sie Eara, Kram und Thorn getroffen hatte.

„Ich glaub immer noch, dass das auf dem Feld Wildschweine gewesen sind", sagte Thorn. „Die haben meine Eltern auch ganz oft auf ihrem Hof. Und die buddeln supergern auf den Feldern herum."

Eara war nicht überzeugt. „Wenn die so häufig sind, dann würde der Bauer sie bestimmt auch kennen und wegen so etwas nicht gleich dem König Bescheid sagen."

Chada kniff die Augen zusammen und sah in die Ferne. „Ich glaube, wir können ihn gleich selbst fragen", verkündete sie. „Das dahinten sieht aus wie ein Bauernhof. Wetten, dass das der Hof ist, zu dem wir wollen?"

Der Bauernhof war recht klein: Ein reetgedecktes Wohnhaus, daneben ein Schuppen und ein Stall für die Tiere. Drum herum lagen einige Felder, auf denen Weizen wuchs. Das Ehepaar, dem der Hof gehörte, erwartete die Gruppe bereits an dem kleinen Tor, das das umzäunte Hofgelände vom Weg abtrennte.

Hinter den Bauersleuten entdeckten Thorald und die Kinder aber noch etwas anderes: Da war ein weißes Pferd mit einem Sattel und etwas Gepäck auf dem Rücken, das ruhig neben dem Wohnhaus stand.

Prinz Thoralds Pferd!

Die Schritte des Prinzen beschleunigten sich und wenige Augenblicke später war er bei dem Bauernpaar. Als die Kinder mit den Welpen am Hof ankamen, hatte er sein Pferd schon in Empfang genommen und war gerade dabei, sich zu bedanken: „Gut, dass Sie sich um ihn gekümmert haben. Zum Dank werde ich jetzt auch versuchen, Ihr Problem so schnell wie möglich zu lösen."

Chada grinste zufrieden. Sie waren tatsächlich am Ziel!

Der Bauer sah zu den Kindern, dann wieder zum Prinzen. „Wie ich sehe, habt Ihr Unterstützung mitgebracht."

Thorald schüttelte den Kopf. „*Unterstützung* würde ich das nicht nennen. Mein Vater möchte diese Kinder zu vollwertigen Heldinnen und Helden ausbilden. Und da ist es natürlich gut, wenn sie sich einmal ansehen können, wie ein Profi Probleme löst."

Kram verzog das Gesicht und wollte etwas sagen, aber Chada stieß ihm rasch den Ellbogen in die Seite. „Jetzt nicht", flüsterte sie. „Es bringt nichts, gleich wieder Streit anzufangen."

Kram biss sich auf die Lippe. „Na gut", brummte er dann.

„Aber ich glaube, deinen Nachtisch kannst du für die nächsten Wochen abschreiben."

„Wo sind denn diese Spuren, die Sie gefunden haben?", fragte der Prinz das Bauernpaar. „Können Sie mich bitte dorthin führen?"

Jetzt hielt Thorn es nicht mehr aus: „Uns", sagte er laut. „Können Sie *uns* bitte dorthin führen."

Prinz Thoralds Miene verfinsterte sich. Er blickte in Richtung der Kinder und wollte schon etwas Böses antworten – da sah er Lonas, der ihn aufmerksam anblickte. Der Prinz lächelte gezwungen und erklärte: „Natürlich dürft ihr auch mitkommen. Ihr sollt ja etwas lernen."

Die Kinder sahen sich kopfschüttelnd an, sagten aber nichts.

Das Bauernpaar führte sie auf ein Feld, in dem der Weizen in langen, geraden Reihen stand. Die Gruppe ging vorsichtig hindurch, um die empfindlichen Halme nicht zu knicken oder abzubrechen. Doch dann kamen sie an eine Stelle, an der es gar nicht mehr nötig war, vorsichtig zu sein.

„Was ist denn hier passiert?!", rief Eara überrascht.

„Streifenmarder waren das jedenfalls nicht", erklärte Chada.

„Und ein Wildschwein auch nicht", fügte Thorn hinzu.

Mitten im Feld war der Boden komplett zerwühlt und aufgerissen – auf einer Fläche, die fast halb so groß war wie der große Saal in der Rietburg.

„Wir haben so etwas noch nie gesehen“, erklärte die Bäuerin. „Den kaputten Weizen können wir verkraften – aber wir machen uns Sorgen, weil wir nicht wissen, was das gewesen sein könnte.“

Der Prinz sah auf den zerwühlten Boden. „Unmöglich, da irgendwelche Fuß- oder Pfotenabdrücke zu erkennen. Es ist ein komplettes Durcheinander.“

Chada zeigte auf eine in den Weizen getrampelte Schneise. „Von dort müssen sie gekommen sein!“ Sie sah sich um. „Und wahrscheinlich sind sie auf dem gleichen Weg auch wieder verschwunden. Jedenfalls sehe ich keinen anderen Pfad, den sie dabei ins Weizenfeld getrampelt hätten.“

Der Prinz schnaubte verächtlich. „Unterbrich mich nicht! Genau das hatte ich auch gerade sagen wollen!“

Die Kinder sahen sich wieder kopfschüttelnd an. Niemand von ihnen glaubte, dass Thorald das wirklich hatte sagen wollen.

„Los!“, rief der Prinz. „Jetzt kommt! Wie müssen der Spur folgen, die ich entdeckt habe!“

Chada seufzte verärgert und Kram fuhr sich überdeutlich mit der Zunge über die Lippen. „Hmmm, Nachtisch …“

Prinz Thorald ging voran. Die Kinder und das Bauernpaar folgten ihm mit etwas Abstand. Der Trampelpfad war breit. Thorn, Eara, Chada und Kram konnten problemlos nebeneinander darauf gehen.

„Was auch immer das hier verursacht hat, es war ganz schön groß“, murmelte Thorn.

„Oder es waren ganz viele kleine Wesen", überlegte Eara.

Kram schüttelte sich. „Ich bin mir nicht sicher, was davon mir weniger gefällt. Aber gut klingt keines von beiden."

Thorn fiel plötzlich etwas auf. „Schaut mal da!", rief er und zeigte auf Rutan.

Der kleine Wolfswelpe stand ganz starr da, alle Muskeln angespannt, und schaute den Trampelpfad entlang.

Prinz Thorald bemerkte, dass die Kinder stehen geblieben waren. Mürrisch sah er sich zu ihnen um. „Wo bleibt ihr denn!"

„Rutan wittert etwas", erklärte Chada.

Die Bauersfrau begutachtete den Welpen neugierig. „Ist der gut in so was?"

„Rutan hat ein feineres Gespür als jeder andere Wolf", erwiderte Eara. „Wenn er eine Fährte riecht, dann ist da auch eine Fährte."

Auch Lonas und Merla hatten jetzt offensichtlich die Witterung aufgenommen. Sie hockten sich auf den Boden, jaulten ein wenig und sahen unsicher den Pfad hinunter.

Kram schluckte. „Ich glaube, am anderen Ende der Fährte wartet nichts Gutes auf uns."

Der Prinz winkte ab. „Dann haben eure Welpen wenigstens endlich kapiert, was ich schon die ganze Zeit sage: Am Ende dieses Weges wartet die Kreatur, die das Feld verwüstet hat. Und ich werde dieses Wesen finden und vertreiben."

„Wenn es etwas ist, das die Welpen nervös macht, dann muss

es schon etwas ganz schön Unheimliches sein“, warf Chada ein. „Die hatten keine Probleme damit, gegen Gors zu kämpfen.“

Kram nickte. Er erinnerte sich noch gut an die Kreaturen mit den scharfen Klauenhänden und daran, wie die Welpen sich ihnen mutig entgegengestellt hatten.

„Wenn es wirklich so gefährlich ist, solltet Ihr vielleicht Euren Vater informieren“, schlug jetzt auch der Bauer vor.

Prinz Thorald schüttelte den Kopf. „Kommt gar nicht infrage! Ich mache meine Entscheidungen doch nicht von ein paar ängstlichen Welpen abhängig. Was auch immer da am Ende dieses Pfades auf mich wartet, ich werde es besiegen! Wenn ihr Kinder zu viel Angst habt, könnt ihr ja zurück zur Burg gehen.“

Chada und Kram sahen sich unsicher an, aber dann trat Thorn nach vorn. „Ich gehe mit. König Brandur hat uns den Auftrag gegeben, herauszufinden, was hier passiert ist, und dafür müssen wir dieser Spur folgen.“

Eara nickte. „Stimmt. Ich bin dabei.“

Auch Chada und Kram nickten nun, sahen dabei jedoch nicht ganz glücklich aus.

„Gut, dann ist das ja geklärt“, sagte der Prinz. „Dann wollen wir doch mal sehen, was uns am anderen Ende des Weges erwartet.“

Ab in den Wald

Prinz Thorald bat das Bauernpaar, eine Weile auf sein Pferd aufzupassen, denn der unebene Pfad war zum Reiten nicht gut geeignet. Dann machte die Gruppe sich gemeinsam auf den Weg. Die Wolfswelpen zögerten erst unsicher, aber als sie sahen, dass alle den Weg entlanggingen, kamen sie mit eingezognenen Schwänzen mit.

Der Pfad verlief beinahe schnurgerade durchs Feld, und als die Gruppe an seinem Ende ankam, wurde den Kindern sofort klar, woher die Wesen gekommen sein mussten.

„Die Taubrücke!", sagte Chada und deutete nach vorn.

Direkt vor ihnen floss die Narne. Die Ufer fielen an dieser Stelle recht steil zum Wasser hin ab. Man konnte den Fluss also nur über eine hölzerne Hängebrücke überqueren. Woher sie ihren Namen hatte, war leicht zu erkennen: Links und rechts des schwankenden Stegs waren Taue gespannt, die als „Geländer" dienten.

Auf der anderen Seite des Flusses, nur wenige Schritte hinter der Brücke, standen die Bäume dicht beieinander.

„Das ist der Wachsame Wald", erklärte Chada. „Meine Heimat."

Er sah schön aus, fand Thorn – aber auch bedrohlich. Das Blätterdach war so dicht, dass der Wald wie eine düstere grüne

Höhle wirkte. „Und aus dem sind also diese Wesen gekommen?“, fragte Thorn. „Was lebt denn da drin, das ein Feld so zurichten könnte?“

Chada hob die Schultern. „Keine Ahnung“, sagte sie. „Eigentlich gibt es da keine großen wilden Tiere. Und ich wüsste auch nicht, warum irgendetwas über den Fluss kommen sollte, um hier einen Hof zu verwüsten.“

„Wir wissen aber, *dass* da etwas über die Brücke gekommen ist“, unterbrach Prinz Thorald sie. „Und darum werden wir jetzt auch dort hinübergehen, um mehr herauszufinden.“

So richtig begeistert war keines der Kinder bei dem Gedanken, über die wacklige Hängebrücke zu gehen. Aber sie hatten sich entschieden, der Spur zu folgen – und die Spur führte nun einmal über genau diese Brücke.

Der Prinz ging voran, gefolgt von Kram, der sich ein wenig strecken musste, um mit den Händen die Haltetaue links und rechts zu erreichen. Hinter ihm kamen Thorn und Chada.

Kurz bevor Eara auf die Brücke trat, bemerkte sie, dass die Wolfswelpen ein Stück hinter ihr angehalten hatten. Die Tiere starrten nervös in Richtung Wald und wollten offenbar nicht weiter.

„Kommt mit“, forderte sie die kleinen Wölfe auf. „Geht weiter! Wir passen schon auf euch auf.“

Lonas drehte den Kopf zu Eara und sah sie zweifelnd an.

„Ich weiß, dass der Wachsame Wald ein bisschen gruselig aussieht", sagte Eara, „aber Chada kennt sich dort aus, und wir sind gut vorbereitet." Sie zog den Zauberkristall hervor, den sie immer dabeihatte. „Wir haben den hier. Dazu noch eure Kräfte und all das, was Chada, Kram und Thorn können. Und der Prinz ist zwar nervig, aber er ist auch stark. Was soll uns denn da noch passieren?"

Die Wölfe brummten leise, als seien sie noch nicht ganz überzeugt, doch dann trotteten sie vorsichtig auf den Holzsteg der Brücke. Eara wartete, bis alle drei Tiere auf der Brücke waren, dann setzte sie ihren Weg fort.

Als die Gruppe den Wald betrat, wurde es unheimlich still. Die Bäume und Blätter schluckten alle Geräusche der Außenwelt und im Wald selbst waren nicht einmal Vögel zu hören. Thorn sah sich unruhig um.

„Ist das normal, Chada?", fragte er. „Dass es hier so ruhig ist, meine ich."

„Eigentlich nicht", antwortete die Bewahrerin. „Der Wald ist natürlich groß, und an manchen Stellen ist mehr Leben als an anderen, aber ein paar Tiere hört man eigentlich immer und überall."

„Hier nicht", kommentierte Kram trocken. „Und ich werd das Gefühl nicht los, dass die genau wissen, warum sie sich von hier fernhalten."

Der Prinz lachte abfällig. „Wenn ihr euch schon von Stille einschüchtern lasst, werdet ihr es nie schaffen, Helden zu werden! Kommt weiter!"

Er marschierte los und die Kinder folgten ihm unsicher.

„Hier bist du also groß geworden?", fragte Eara Chada, während sie nebeneinander den Weg entlanggingen.

Chada schüttelte den Kopf. „Nicht genau hier … Der Baum der Lieder ist ein ganzes Stück tiefer im Wald. Diese Ecke des Waldes kenne ich kaum."

Eara erinnerte sich daran, dass Chada ihnen das schon einmal erklärt hatte: Im Zentrum des Gebietes der Bewahrer stand der Baum der Lieder – ein gewaltiger Baum, so groß, dass die Bewahrer ihn ausgehöhlt und mehrere Stockwerke voller Räume darin eingerichtet hatten. Darin befand sich auch das Archiv – der Ort, an dem alles Wissen Andors gesammelt wurde.

„Du bist noch nicht wieder hier im Wald gewesen, seitdem du weggelaufen bist, oder?", fragte Eara.

Chada schüttelte den Kopf. „Aber ich habe meinen Adoptiveltern ein paar Nachrichten mit Falken geschickt, damit sie wissen, dass es mir gut geht. Und sie waren danach ja sogar schon einmal auf der Rietburg. Ich glaube, sie sind nicht begeistert, dass ich aus dem Wald fortgegangen bin, aber sie konnten es verstehen."

„Meinst du, dass wir sie jetzt treffen?"

„Schwer zu sagen", antwortete Chada. „Das hängt ganz davon ab, wohin uns diese Spur führt. Wie gesagt: Der Wachsame Wald ist riesig. Man kann sehr lang darin umherlaufen, ohne auch nur in die Nähe des Baums der Lieder zu kommen."

Eara wollte noch mehr fragen, doch dann sah sie aus dem Augenwinkel, wie Rutan plötzlich wieder abrupt stehen blieb. Und diesmal knurrte der Welpe leise.

Die Zauberin lief zu Prinz Thorald und tippte ihm auf die Schulter, um ihn darauf aufmerksam zu machen. „Ich glaube wir sind jetzt ganz nah dran, Eure Hoheit. Das Wesen, das das Feld verwüstet hat, muss hier irgendwo in der Nähe sein."

Der Prinz zog sein Schwert. „Gut. Erste Lektion, wenn ihr eine Bedrohung in der Nähe vermutet: Wachsam sein. Immer alles beobachten."

„Das sagt der Richtige", flüsterte Kram. „Ohne Eara hätte der doch nie bemerkt, dass Rutan etwas wittert." Trotzdem nahm der Zwerg seine Axt zur Hand.

Auch Thorn und Chada griffen nach Schwert und Bogen,

und Earas Finger umklammerten den Kristall in ihrer Tasche.

Alle waren ganz still. Bewegte sich da etwas zwischen den Bäumen? Kam das Rascheln von einem Tier oder war es nur der Wind in den Blättern? War das dort hinten eine Kreatur, die zum Sprung ansetzte, oder nur der Schatten einer Wolke, die sich vor die Sonne schob?

Earas Herz begann schneller zu schlagen. Sie sah, wie Kram den Griff seiner Axt umfasste, Thorn sein Schwert noch ein wenig höher hob und wie Chada ihren Bogen auf der Suche nach einem Ziel bewegte.

Sekunde um Sekunde verstrich, ohne dass etwas passierte. Schließlich senkte Prinz Thorald sein Schwert wieder. „Sieht aus, als hätte sich euer Wolf geirrt", erklärte er mürrisch.

Einen Moment später sprang etwas Großes, Fauchendes hinter einem der Bäume hervor und griff die Gruppe an, ohne zu zögern.

Die Entführung

„Was ist das?!“, rief Thorn, während er die Kreatur, die aus dem Dickicht gesprungen war, mit dem Schwert auf Distanz hielt.

Es war ein Echsenwesen mit stachligen Schuppen und vier langen, kräftigen Beinen. An seinen Füßen hatte es scharfe Krallen, die sich in den Waldboden bohrten. Das Untier stand mitten auf dem Weg und starrte die Gruppe aus glühenden weißen Augen an.

„Das ist ein Wardrak!“, antwortete Chada knapp, während sie das Wesen im Blick behielt. „Die gibt es zwar hier im Wald, aber normalerweise nicht in dieser Gegend. Ich habe noch nie erlebt, dass sich einer bis zur Narne vorgewagt hat.“

Sie schoss einen Pfeil ab, dem das Biest mit einem geschickten Sprung auswich.

„Ich würde ihm ja erklären, dass er hier falsch ist“, bemerkte Kram trocken und drohte dem Wesen mit seiner Axt. „Ich fürchte nur, dass er mir nicht zuhören wird.“

„Wir müssen es einkreisen!“, erklärte der Prinz. „Seht zu, dass ihr es nicht entkommen lasst.“

Eara hob die Arme, und einen Moment später wurde der Wind, der durch den Wald wehte, stärker, und der Wardrak wich ein Stück zurück, als ihm Sand und Blätter ins Gesicht geblasen wurden.

„Gleich habe ich ihn!“, rief der Prinz und holte mit seinem Schwert aus.

Doch bevor er zuschlagen konnte, spannte die Kreatur ihre Hinterbeine an, sprang mit einem gewaltigen Satz über die Köpfe der Kinder hinweg und kam direkt hinter Eara wieder auf der Erde auf! So schnell konnte sie ihren Zauber unmöglich umlenken – und so stand nichts mehr zwischen ihr und dem Biest, was sie vor ihm beschützt hätte.

„Eara!“ Chada versuchte, auf den Wardrak zu zielen, doch ihre Hände zitterten vor Unruhe so stark, dass sie den Bogen nicht ruhig halten konnte.

Kram und Thorn wollten gleichzeitig zu ihrer Freundin rennen, doch noch bevor sie sich bewegen konnten, zuckte der Wardrak plötzlich und sah zu seinen Beinen hinunter. Dort huschte etwas Kleines, Graues pfeilschnell hin und her.

„Merla!“, rief Kram.

Und es war wirklich die kleine Wölfin. Sie rannte in einem atemberaubenden Tempo zwischen den Beinen des Wardraks herum, zwickte mal hier und biss mal dort und zog so die Aufmerksamkeit des Biests auf sich.

„Ihre Zähne sind nicht scharf genug!“, rief Chada. „Sie kommen nicht durch die Schuppen.“

„Das ist vielleicht auch gar nicht nötig“, meinte Thorn. „Schaut mal hinter den Wardrak.“ Er deutete auf ein Wesen hinter der Kreatur, das größer und größer wurde.

Ein schwarzes, flauschiges Wesen.

Es war Lonas!

Der kleine Zauberwolf war wieder zu seiner riesengroßen Form angewachsen – und es schien den Kindern, als wäre er dieses Mal noch ein wenig größer als sonst.

Noch hatte der Wardrak ihn nicht bemerkt, doch jetzt stupste der Riesenwelpe das Echsenwesen sanft gegen den Hintern. Als die Kreatur herumfuhr, öffnete Lonas sein Maul, sodass der überraschte Wardrak ihm direkt in seinen unglaublich großen Wolfsschlund starrte.

Die glühenden Echsenaugen flackerten nervös, und einen Moment später zuckte das Wesen zusammen, als Merla es wieder in die Beine zwickte. Und als dann auch noch Rutan herantrottete und ein lautes und entschiedenes „Wuff!" von sich gab, reichte es der Kreatur endgültig: Sie quiekte verängstigt, drehte sich vom Pfad weg und sprang mit einem riesigen Satz zurück in den Wald, wo sie zwischen den Bäumen verschwand, so schnell ihre Klauenfüße sie trugen.

Die Kinder mussten laut loslachen, als sie das fiese Biest plötzlich so ängstlich davonlaufen sahen.

„Gewonnen!", jubelte Thorn, und selbst Prinz Thorald lächelte ein wenig.

„Ich muss zugeben: Das haben eure Wölfe gar nicht schlecht gemacht", sagte er.

Die Kinder sahen ihn überrascht an. War das etwa ein

freundliches Wort aus dem Mund von Prinz Thorald gewesen?

Chada stieß Kram in die Seite. „Siehst du … Es hat sich doch gelohnt, dass wir vorhin nett zu ihm waren und unser Essen mit ihm geteilt haben." Sie grinste. „Mein Nachtisch landet wohl doch in meinem Bauch."

„Natürlich konnten eure kleinen Freunde nur helfen, weil ich so gute Vorarbeit geleistet habe", fuhr der Prinz fort. „Aber immerhin … Für den Anfang wirklich gut! Von den Tieren könnt ihr noch eine Menge lernen."

Kram schnaufte, dann flüsterte er Chada zu: „Von wegen! Er ist immer noch derselbe alte Widerling. Und das heißt: Dein Nachtisch gehört mir."

Bevor Chada etwas antworten konnte, wandte Thorn sich an sie. „Dieser Wardrak war ganz schön gruselig. Hast du so etwas vorher schon mal gesehen?"

Chada schüttelte den Kopf. „Ich hab nur von ihnen gehört. Wir wurden immer davor gewarnt, dass sie sich im Wald herumtreiben könnten, aber begegnet bin ich ihnen nie."

„Ein fieses Wesen war das." Eara schüttelte sich.

„Angeblich kann man sie sogar zähmen", sagte Chada. „Ich habe gelesen, dass manche Skrale auf ihnen reiten."

„Also *ich* will so ein Ding gar nicht zähmen!", warf Kram ein. „Ich bin froh, wenn es mir nicht zu nah kommt."

Der Prinz klatschte in die Hände. „Ich habe meinen Auftrag

erledigt. Lasst uns wieder zurück zur Burg gehen, um meinem Vater Bericht zu erstatten!“

Thorald begann, den Waldweg wieder in Richtung Taubrücke zurückzugehen.

„Moment!“, rief Thorn. „Wollt ihr den Wardrak etwa einfach laufen lassen?“

„Mein Auftrag war nur, herauszufinden, was das Feld verwüstet hat, und es zu vertreiben. Das habe ich getan.“

„Eigentlich haben Lonas, Merla und Rutan das getan“, korrigierte Eara und zeigte auf Lonas, der inzwischen wieder geschrumpft war und erschöpft gähnte.

„Sie haben vielleicht ein bisschen geholfen“, gab der Prinz zu. „Aber auf jeden Fall ist meine Arbeit hier jetzt getan. Die Felder des Rietlands sind wieder sicher!“

„Und wenn der Wardrak wieder zurückkommt?“, fragte Chada.

„Du hast doch selbst gesagt, dass Wardraks normalerweise nicht in dieser Gegend umherstreifen. Er hatte sich offensichtlich verlaufen. Und die Wölfe haben ihn jetzt wieder von hier vertrieben.“

Chada hatte das Gefühl, dass sich der Prinz das Ganze etwas zu einfach machte. „Ja, aber …“, begann sie, aber Thorald schnitt ihr das Wort ab: „Kein Aber! Ich leite diese Mission, ihr habt euch an meine Entscheidungen zu halten.“ Der Prinz machte sich mit entschlossenen Schritten auf den Weg in Richtung Taubrücke.

„Mir gefällt das nicht“, murmelte Chada, während die Kinder dem Prinzen folgten. „Wieso war der Wardrak bloß so nah an der Narne? Das ist sehr ungewöhnlich.“

„Ungewöhnlich heißt nicht unmöglich“, wandte Thorn ein. „Auf jeden Fall ist er jetzt wieder fort.“

„Psst!“, zischte Eara plötzlich. „Habt ihr das auch gehört?“

„Was meinst du?“, wollte Thorn wissen.

„Ich weiß nicht – es klang wie ein Flüstern“, sagte Eara.

„Ich habe nichts gehört“, sagte Chada.

„Ich auch nicht“, bestätigte Kram. „War wahrscheinlich nur der Wind.“

„Kommt endlich!“, rief Prinz Thorald, der schon ein ganzes Stück vorangegangen war. „Wir müssen zurück zur Rietburg, damit mein Vater weiß, dass die Gefahr hier gebannt ist!“

Der Prinz hatte den Satz kaum beendet, da sprang erneut ein Wardrak aus dem Dickicht und riss ihn zu Boden! Ihm folgten ein zweiter und ein dritter!

„Was in aller Welt …?!“, entfuhr es Chada.

„Eara, pass auf!“, schrie Kram. Der erste Wardrak hatte sich inzwischen auf Prinz Thorald gesetzt, die anderen beiden rannten direkt auf die junge Zauberin zu.

„Lonas, tu was!“, rief Kram.

Der Wolfswelpe war von der plötzlichen Aufregung wieder hellwach. Alle Muskeln des kleinen Tiers spannten sich an, und sein Fell richtete sich auf, als der Wolf sich anstrengte, wieder groß zu werden. Doch die Sekunden verstrichen und nichts passierte. Lonas blieb klein.

„Er ist noch zu erschöpft!“, erkannte Thorn.

„Dann müssen wir es ohne ihn schaffen!“, rief Eara.

Sie hatte ihren Zauberkristall hervorgezogen und hielt ihn drohend vor sich.

Die Wardraks waren davon wenig beindruckt. Sie schnappten wütend nach dem Edelstein, sodass Eara ihre Hände rasch ein wenig zurückzog.

Prinz Thorald versuchte stöhnend, den Wardrak, der auf ihm saß, von sich zu schieben. „Kannst du sie nicht wieder wegpusten oder so?“, rief er Eara zu.

„Versuche ich ja! Aber das braucht Vorbereitung und Konzentration“, antwortete Eara. „Das geht nicht mal eben so.“

Während der erste Wardrak den Prinzen weiterhin am Boden hielt, umkreisten die anderen beiden jetzt mit langsamen Schritten Eara. Dabei ließen sie sich weder von Rutans Gebell beeindrucken noch von Merlas Geflitze.

„Sieht aus, als hätten die es auf dich abgesehen, Eara“, erkannte Chada. „Aber warum?“

„Um das Warum können wir uns gern später Gedanken machen“, warf Kram ein. „Erst mal müssen wir die Viecher aufhalten.“

Chada sah die anderen entschlossen an. „Ich hab eine Idee. Haltet euch bereit. Ihr alle!“

„Bereit wozu?“, fragte Kram.

„Das werdet ihr schon merken, wenn es so weit ist“, antwortete Chada.

Sie legte einen Pfeil an, zielte sorgfältig und schoss dann auf einen der beiden Wardraks. Die Kreatur sprang zur Seite, um ihm auszuweichen. Doch damit kam sie in Reichweite von Krams Axt! Der Zwerg schlug zu, so fest er konnte.

Die Schuppen des Wardraks waren hart. So hart, dass die Waffe ihn nicht wirklich verletzen konnte, aber immerhin tat ihm der Hieb offensichtlich weh. Er fauchte verärgert und wandte sich gegen Kram, um dieses Mal den Zwerg anzugreifen.

Das war Thorns Chance! Er ließ sein Schwert auf den Schuppenpanzer der Bestie knallen!

Der Wardrak wirbelte herum, um den jungen Krieger zu erwischen, doch der machte schnell einen Schritt zurück, um sich außer Reichweite zu bringen.

Nun war es wieder Kram, der mit einem Axthieb die Aufmerksamkeit der Kreatur auf sich lenkte.

Und wieder wirbelte der Wardrak herum und wieder nutzte Thorn das für einen Angriff mit dem Schwert. Die Kreatur, flitzte, drehte sich und knurrte immer wütender, aber sie schien das Spiel nicht zu durchschauen.

Eara und Chada hatten sich das zweite Biest vorgeknöpft.

„Hier, guck her!“, rief die Bewahrerin und feuerte einen Pfeil auf den Wardrak. Der sprang fauchend beiseite.

Doch seine Klauenfüße hatten kaum den Boden berührt, da setzte Eara auch schon ihre Zauberkräfte ein: Wind kam auf und der zu Boden gegangene Pfeil erhob sich wieder in die Luft. Erneut jagte er auf den Wardrak zu und wieder musste dieser ausweichen, wodurch er wieder in Chadas Schusslinie geriet.

Plötzlich fuhr ein Wispern durch die Baumkronen, wie ein geheimnisvolles Flüstern.

„Schon wieder!“, rief Eara. „Das ist das, was ich eben schon einmal gehört habe!“ Sie sah zu den anderen. „Habt ihr es diesmal auch mitbekommen?“

Chada, Kram und Thorn nickten. Gleichzeitig fauchten die Bestien und fletschten dabei ihre scharfen Echsenzähne. Und so plötzlich, wie sie aufgetaucht waren, verschwanden sie auch wieder im Dickicht zwischen den Bäumen.

„Ha!", rief Kram zufrieden und fuchtelte drohend mit seiner Axt. „Das wird euch eine Lehre sein! So schnell legt ihr euch nicht mehr mit einem Zwerg an!"

Während Thorn ihn lachend ansah, stieß Eara einen erschrockenen Schrei aus. „Wo ist Thorald?!", rief sie.

Die Kinder sahen sich um. Der Prinz war nirgendwo zu sehen.

Chada wurde blass. „Oh nein! Es waren doch *drei* Wardraks! Und wir haben uns die ganze Zeit nur um zwei von ihnen gekümmert!"

Kram nickte. „Stimmt! Einer hatte sich auch noch auf Thorald gesetzt, um ihn festzuhalten."

„Als die Viecher abgehauen sind, muss der dritte den Prinzen mit in den Wald geschleppt haben!", erkannte Thorn.

Die Kreaturen hatten Prinz Thorald entführt!

Der Plan

Die Kinder standen ratlos auf dem Waldweg.

„Ist das normal, dass Wardraks so etwas machen?“, fragte Thorn. „Leute entführen, meine ich.“

Chada schüttelte den Kopf. „Überhaupt nicht. Das widerspricht allem, was ich jemals über diese Kreaturen gelesen habe. Normalerweise sind sie wie wilde Tiere – sie greifen an, um zu jagen oder weil sie sich bedroht fühlen. Aber ich habe noch nie davon gehört, dass sie jemanden als Geisel nehmen.“

„Vielleicht ist das hier eine andere Art von Wardraks“, schlug Eara vor. „Eine, die vorher noch niemand gesehen hat. Und diese Art macht eben auch Gefangene.“

„Glaub ich nicht“, widersprach Kram. „Warum sollten ausgerechnet wir die Ersten sein, die irgendwelchen superseltenen und total ungewöhnlichen Wardraks begegnen? Das wäre schon ein riesiger Zufall.“

„Das ist es!“, rief Eara plötzlich.

„Was meinst du?“, fragte Kram.

„Das, was du eben gesagt hast!“, erklärte sie. „Du hast vollkommen recht: Das ist kein Zufall! Das Ganze hier … die Angriffe und die Entführung!“

„Du meinst, jemand hat die Wardraks gesteuert?“, vergewisserte sich Chada.

„Ja, genau!“, bestätigte Eara.

Kram schaute plötzlich sehr ernst. „Wenn das wirklich stimmt, dann muss Magie im Spiel sein, oder?“

Eara nickte. „Ja. Derjenige, der das tut, zwingt anderen Wesen seinen Willen auf. Das geht nur mit Magie.“

Thorn schluckte. „Und er hat mit Absicht dafür gesorgt, dass die Wardraks uns angreifen. Ich weiß nicht, wie es euch geht, aber mir fällt nur eine Person ein, die so etwas machen würde.“

Die vier sahen sich an, dann sagten sie alle wie aus einem Mund: „Varkur!“

Der böse Magier Varkur hatte schon mehrmals versucht, die Rietburg anzugreifen, und jedes Mal hatten die Kinder mithilfe der Welpen seine Pläne durchkreuzt. Sie wussten, dass er mit seiner dunklen Magie in der Lage war, Kreaturen seinen Willen aufzuzwingen – aber warum sollte er Wardraks durch den Wachsamen Wald laufen lassen?

„Warum wüten Wardraks im Wachsamen Wald?“, wunderte sich Thorn.

Kram hob die Schultern. „Vielleicht gefällt Varkur einfach der Buchstabe ‚W‘?“

„Das ist jetzt nicht die Zeit für dumme Sprüche“, rügte Chada. „Varkur hat Prinz Thorald entführt.“

„Damit hat er uns doch eigentlich einen Gefallen getan“, konterte der Zwerg. „Mich jedenfalls hat unser Prinzlein ganz schön genervt.“

„Thorald ist zwar ein Idiot, aber er ist auf unserer Seite“, sagte Thorn. „Und er ist König Brandurs Sohn. Wir müssen ihm helfen!“

„Na gut“, gab Kram zu. „Im direkten Vergleich ist Varkur auf jeden Fall der größere Widerling von beiden.“

„Wenn es Varkur ist, dann hält er den Prinzen bestimmt bei sich gefangen“, überlegte Eara. „Wir könnten versuchen, ihm die Kontrolle über die Wardraks zu nehmen.“

„Vielleicht sollten wir zuerst dem König Bescheid sagen“, schlug Chada vor.

„Wir sind schon oft genug allein mit Varkur fertig geworden“, widersprach Eara. „Sogar das eine Mal, als er einen Drachen kontrolliert hat.“

„Ja, schon“, sagte Thorn. „Aber als Thoralds Vater sollte der König schon wissen, dass sein Sohn in Gefahr ist.“

„Aber bis wir zurück bei der Burg sind, könnte er in noch viel größerer Gefahr sein!“, beharrte die Zauberin. „Wir sollten lieber sofort den Wardraks folgen, damit wir ihn so schnell wie möglich finden.“

„Vielleicht könnten wir uns aufteilen?“, überlegte Thorn.

„Mit wilden Wardraks im Unterholz?“ Kram schüttelte den Kopf. „Wir haben es zu viert gerade mal so geschafft, uns zu verteidigen. Wenn wir uns trennen, haben wir alle ein Riesenproblem.“

„Wir müssen doch gar nicht bis zur Rietburg zurück“, wurde Chada klar. „Wir können zu dem Bauernhof gehen, bei dem wir vorhin waren! Dann bitten wir die Bauersleute, dass sie eine Nachricht an den König schicken, und wir gehen zurück und nehmen die Verfolgung auf.“

Die anderen nickten. Das klang nach einem guten Vorschlag.

Also machten die vier sich mit den drei Welpen auf den Weg zurück zum Bauernhof. Doch schon nach wenigen Metern hielt Rutan wieder inne und knurrte leise.

„Er wittert wieder etwas“, flüsterte Chada.

„Hört mal!“, sagte Kram leise. „Da ist es wieder. Dieses Flüstern.“

Tatsächlich: Ein schauriges Wispern drang durch den Wald. Für die Kinder fühlte es sich fast so an, als ob es direkt durch sie hindurchginge.

„Was ist das?“, fragte Kram unsicher.

„Das muss etwas mit der Magie zu tun haben, mit der Varkur die Wardraks kontrolliert“, vermutete Eara.

„Können wir es dann nicht unterbrechen?“, schlug Chada vor. „Wir könnten ganz laut schreien oder so, damit wir es übertönen.“

Eara schüttelte den Kopf. „Das ist kein normales Flüstern. Das findet sein Ziel, egal, wie weit weg es ist oder wie viel Lärm wir machen.“

Kram strich sich etwas Schweiß von der Stirn. „Wenn du von *Ziel* sprichst, dann meinst du die Wardraks, oder?“

Eara nickte. „Ich fürchte, die sind wieder ganz in der Nähe.“

Die Kinder sahen sich vorsichtig um. Wo mochten die Kreaturen wohl diesmal lauern?

Thorn sah sie als Erster. „Dahinten!“, sagte er und deutete den Weg entlang.

Zwei grimmig dreinblickende Wardraks standen in einiger Entfernung auf dem Pfad in Richtung Taubrücke und versperrten ihn. Sie sahen aufmerksam zu den Kindern, machten aber keine Anstalten, näher zu kommen.

„Sie wollen nicht, dass wir den Wald verlassen“, vermutete Thorn.

„Als ob die uns daran hindern könnten.“ Chada schnaubte abfällig. Dann legte sie ihren Bogen an und zielte wieder auf eine der Kreaturen. „Sobald einer von beiden dem Pfeil ausweicht, könnt ihr ihn euch wieder schnappen", sagte sie leise zu den anderen. „So wie vorhin." Dann schoss sie den Pfeil ab.

Doch diesmal ging der Plan nicht auf. Keines der Biester bewegte sich vom Fleck. Der Pfeil sauste auf einen der Wardraks zu und prallte nutzlos an dessen harten Schuppen ab.

„Sie haben dazugelernt", erkannte Thorn erschrocken. „Sie wissen, dass die Pfeile sie nicht verletzen können!"

Kram fluchte leise. „Dann greifen sie bestimmt gleich wieder an", vermutete er.

Alle vier spannten die Muskeln an und warteten, dass die Wardraks auf sie zustürmten. Aber das passierte nicht. Die beiden Kreaturen blieben einfach ruhig auf dem Weg sitzen und starrten die Kinder an.

Wieder erfüllte dieses leise, unheimliche Wispern den Wald.

„Woher kommt das?", murmelte Kram. „Irgendwo muss der Kerl sich doch versteckt halten."

Er sah sich um und ließ seinen Blick über die Büsche und Bäume wandern. Schließlich deutete er auf einen Strauch, der ein paar Meter entfernt von ihnen stand. „Da! Da muss er sein!"

Doch Chada schüttelte den Kopf. „Unmöglich. Er ist ganz klar hier drüben." Mit diesen Worten zeigte sie auf eine Baumgruppe, die ein Stück in die genau andere Richtung stand.

„Unsinn!", meldete sich Thorn zu Wort. „Das Flüstern kommt ganz klar von da oben!" Er wies mit dem Finger auf die Baumwipfel über ihren Köpfen.

Eara winkte ab. „Er ist an keinem dieser Orte“, sagte sie. „Varkur könnte mit seiner Magie von überall Botschaften an die Wardraks senden und wir können unmöglich wissen, woher genau sie kommen.“

„Aber wir wissen, *was* er ihnen sagt“, warf Thorn ein. „Er will nicht, dass wir den Wald verlassen.“

„Wenn Varkur das nicht will, sollten wir den Wald erst recht verlassen“, sagte Kram. „Es ist nie eine gute Idee, einem bösen Magier seine Wünsche zu erfüllen.“

„Und wie willst du hier rauskommen?“, hielt Eara dagegen.

„Wir sind schon zweimal mit den Wardraks fertig geworden“, erwiderte Kram. „Das schaffen wir bestimmt auch noch ein drittes Mal.“

„Wir sind *einmal* mit ihnen fertig geworden!“, berichtigte Eara. „Beim zweiten Mal haben sie Thorald entführt. Und wer weiß, was bei einem dritten Mal passieren würde. Ich glaube nicht, dass wir das riskieren sollten.“

„Das heißt, du willst im Wald bleiben? Also genau das tun, was Varkur will?“ Kram schüttelte den Kopf. „Das klingt nach einem furchtbar schlechten Plan.“

„Sag Bescheid, wenn du einen besseren hast“, antwortete Eara knapp.

Chada hob beruhigend die Hände. „Es bringt nichts, wenn wir uns jetzt streiten. Wir sollten besser überlegen, was wir tun können.“

Sie sah zu den Wardraks, die immer noch auf dem Weg saßen und sie aus sicherer Entfernung beobachteten.

„Der Pfad zur Taubrücke ist durch die Wardraks blockiert“, fuhr Chada fort. „Das heißt, wir haben drei Möglichkeiten.“

Sie hob den Zeigefinger, um die Zahl „eins“ zu verdeutlichen.

„Erstens: Wir können versuchen, über einen anderen Weg aus dem Wald zu kommen. Im Süden befindet sich die Bogenbrücke. Aber sie ist ziemlich weit weg und führt in eine sehr einsame Ecke des Rietlands, weit entfernt von der Rietburg. Wer weiß, wie lang es dauern würde, bis wir da jemanden finden, der dem König eine Nachricht schicken kann.“

Chada hob einen weiteren Finger.

„Zweitens: Wir können den Wardraks folgen, um Prinz Thorald zu finden und zu befreien. Keine Ahnung, wohin uns das führt, aber wahrscheinlich tiefer in den Wald hinein.“

„Und näher zu Varkur“, fügte Kram hinzu.

„Stimmt“, bestätigte Chada. „Aber wenn wir Thorald befreien wollen, müssen wir irgendwann gegen Varkur antreten. Trotzdem würden wir dafür genau das tun, was Varkur von uns will.“

„Du meinst, er will uns zu sich locken?“, hakte Eara nach. „Aber warum?“

„Keine Ahnung", sagte Chada. „Aber es sieht ganz danach aus."

„Dann sehe ich das wie Kram", meinte Thorn. „Es ist keine gute Idee, Varkur zu geben, was er will. Du hast gesagt, dass es noch eine dritte Möglichkeit gibt?"

Chada nickte. „Wir könnten versuchen, bis zum Baum der Lieder zu kommen."

„Meinst du, dass die Bewahrer uns helfen können?", fragte Eara.

„Das weiß ich nicht", gab Chada zu. „Die Bewahrer sind normalerweise keine großen Kämpfer. Aber wir wären nicht mehr allein. Und sie könnten auf jeden Fall König Brandur benachrichtigen."

„Ich finde, das klingt nicht schlecht", meine Thorn. „Wir wären immer noch nah bei Thorald, würden dem König Bescheid sagen und vielleicht sogar gleich hier noch Hilfe bekommen."

„Klingt wirklich gut", stimmte Eara zu.

Chada sah zu Kram. „Und was meinst du?"

Der Zwerg überlegte einen Moment. „Der Plan hört sich nicht schlecht an", sagte er dann. „Aber was machen wir, wenn Varkur und seine Haustiere den nicht mögen?"

„Ich glaube, Varkur ist sich selbst nicht sicher, ob die Wardraks uns besiegen können", vermutete Thorn.

Kram sah ihn überrascht an. „Wie kommst du denn darauf?"

„Die Viecher sitzen jetzt schon eine Ewigkeit vor uns herum

und bewegen sich nicht“, antwortete Thorn. „Wenn Varkur sich sicher wäre, dass sie uns besiegen können, hätte er die doch schon längst auf uns gehetzt.“

„Vielleicht sollten wir dann doch versuchen, sie anzugreifen?“, überlegte Eara.

Chada schüttelte den Kopf. „Das wäre zu riskant. Aber vielleicht schaffen wir es ja bis zum Baum der Lieder, bevor Varkur kapiert, was wir vorhaben.“

Kram seufzte. „Mit anderen Worten: Wir müssen hoffen, dass Varkur so blöd ist, wie er aussieht. Na, dann drücke ich uns mal die Daumen …“

Chada blickte in die Runde. „Was sagt ihr? Gehen wir zum Baum der Lieder?“

Die anderen nickten. „Zum Baum der Lieder“, sagten sie dann gleichzeitig.

Die Gruppe machte sich auf den Weg, mit Chada an der Spitze. Als Thorn sich umdrehte, sah er, dass die beiden Wardraks noch immer auf dem Weg standen und ihnen mit ihren glühenden Augen hinterherschauten. Ein Schauder lief ihm über den Rücken, und er drehte sich schnell wieder um, um den anderen zu folgen.

Die geheimnisvolle Kraft

Das Blätterdach wurde immer dichter, je weiter sie in den Wald vordrangen. Schon bald war es um sie herum so dunkel, dass die Kinder nicht mehr genau sagen konnten, welche Tageszeit es wohl sein mochte.

„Wenn das so weitergeht, können wir beim Baum der Lieder gar nichts mehr sehen", kommentierte Kram.

Chada lachte. „Im Gebiet der Bewahrer ist der Wald nicht mehr ganz so dicht", sagte sie. „Der Baum der Lieder steht sogar auf einer ziemlich großen Lichtung."

Kram spähte in das grüne Halbdunkel um sie herum. „Das heißt dann wohl, dass er noch ein ganzes Stück entfernt ist", vermutete er.

Chada nickte und Kram seufzte. „Warum können wir eigentlich nicht mal ein Abenteuer erleben, das auf Zwerge abgestimmt ist? Mit kurzen Wegen und ohne steile Stufen …"

Thorn lachte auf, doch dann wurde er wieder ernst. „Sagt mal: Wenn Varkur wirklich versucht, uns mit den Wardraks zu sich zu treiben, warum macht er das? Will er uns fangen?"

Einen Moment lang schwiegen alle.

„Vielleicht will er sich rächen?“, überlegte Kram. „Wir haben ihm ja schon oft genug das Leben schwer gemacht.“

„Glaub ich nicht“, meinte Chada. „So wichtig sind wir ihm nicht. Normalerweise hat er doch immer den Plan, die Rietburg zu zerstören oder zu erobern oder so.“

„Dafür muss er uns doch aber nicht fangen“, warf Eara ein. „Oder fällt euch ein Grund ein, wieso er uns brauchen sollte, um die Rietburg zu zerstören?“

Sie alle schüttelten den Kopf. Der Gedanke war aber auch wirklich zu unsinnig.

„Vielleicht will er den König erpressen?“, überlegte Thorn. „Er hat schon Prinz Thorald gefangen. Wenn er uns auch noch in die Finger bekommt, hat er fünf Menschen, die Brandur wichtig sind. Und dann kann er Forderungen stellen: *Gib mir das, was ich will, sonst gebe ich dir deine Leute nicht zurück.*“

„Brrr …“ Eara schüttelte sich. „Ich kann mich noch gut daran erinnern, wie Varkur uns das letzte Mal gefangen hat. So etwas will ich nicht noch einmal erleben.“

Alle nickten bei der Erinnerung daran.

„Diesmal wäre es sogar noch schlimmer!“, meinte Kram.

„Wieso?“, fragte Chada.

Kram grinste. „Na ja … Diesmal hätten wir auch noch den ollen Thorald dabei."

Alle mussten lachen. Doch dann sagte Chada leise: „Ich hoffe, es geht Prinz Thorald gut. Ich mag ihn zwar nicht besonders, aber trotzdem will ich nicht, dass ihm etwas passiert."

„Keine Sorge", meinte Eara. „Es ist schon so, wie Thorn eben gesagt hat: Der Prinz ist ein wichtiger Gefangener. Da wird Varkur gut aufpassen, dass ihm nichts zustößt."

„Ich hoffe, du hast recht", sagte Chada. Aber sie sah nicht mehr ganz so besorgt aus wie zuvor.

Eine Weile gingen alle schweigend nebeneinanderher. Chada schaute ab und zu in den Wald hinein, um zu sehen, ob sie irgendwo die Wardraks erspähen konnte, aber da war nichts. Sie war sicher, dass die Bestien ihnen folgten, aber sie hielten sich so gut versteckt, dass nicht einmal die Wolfswelpen sie bemerkten.

Einzig die Stille verriet, dass die Kreaturen da sein mussten – denn noch immer konnten sie nicht einmal einen einzigen Vogel zwitschern hören. Ein komisches Gefühl in einem Wald, der in Chadas Erinnerung immer voller Leben gewesen war.

„Schaut mal dahinten!", rief Eara plötzlich. „Da wird es ein bisschen heller, oder?!"

Sie hatte recht: Weit in der Ferne war das grüne Dämmerlicht ein bisschen weniger grün und ein bisschen weniger dämmerig.

„Das heißt, wir kommen dem Gebiet der Bewahrer näher, oder?“, fragte Kram hoffnungsvoll.

Chada nickte lächelnd. „Ja. Noch eine halbe Stunde oder so, dann können wir endlich jemanden um Hilfe bitten!“

Jetzt, da sie ein Ziel vor Augen hatten, fiel ihnen das Laufen plötzlich wieder leichter. Ihre Schritte wurden schneller und ihre Laune besserte sich. Sie hatten es fast geschafft! Sie hatten den bösen Magier so gut wie überlistet! Nur noch ein kurzes Stück Weg und dann …

„Oh nein!“, flüsterte Thorn und blieb plötzlich stehen. „Die Welpen!“

Auch die anderen hielten an und sahen, was er sah: Die drei Jungtiere waren vollkommen erstarrt und sahen wie hypnotisiert in dieselbe Richtung den Weg hinunter.

Lonas wollte langsam losgehen, aber Thorn hielt ihn fest. Der kleine Wolf schien das gar nicht zu bemerken, sondern versuchte einfach weiterzugehen.

„Wach auf, Lonas!“, flüsterte Thorn eindringlich. „Wach auf!“

Die Kinder wussten sofort, was los war.

„Magie“, flüsterte Eara. „Sie werden von Varkurs Magie angezogen.“

„Das heißt, er muss hier ganz in der Nähe sein“, wisperte Thorn atemlos.

„Wir müssen die Wölfe vor ihm schützen“, erklärte Kram entschlossen. „Und zwar sofort!“

Denn das war die eine große Schwäche der jungen Zauberwölfe: Varkurs böse Magie hatte irgendetwas an sich, was sie für die Welpen unwiderstehlich machte. Wann immer sie dem Magier zu nahe kamen, während der eines seiner Rituale durchführte, liefen sie wie Schlafwandler schnurstracks auf ihn zu.

Schnell packten Kram und Eara sich die anderen beiden Wölfe und versuchten sie wieder aufzuwecken. Nach ein paar Sekunden sahen alle drei Tiere die Kinder verwirrt und unsicher an.

„Ihr wisst, was wir jetzt machen müssen, oder?“, fragte Chada leise. „Wir müssen sie von hier wegschicken, bevor sie Varkur zu nah kommen.“

„Aber wir brauchen die Welpen doch, um uns gegen die Wardraks zu verteidigen!“, protestierte Kram.

„Wenn sie im Bann von Varkurs Magie stehen, können sie uns auch nicht mehr helfen“, antwortete Thorn. „Es ist besser, wenn sie gehen, solange sie es noch können. Und wir müssen eben aufpassen, dass wir es bis zu den Bewahrern schaffen, bevor Varkur und die Wardraks merken, was los ist.“

Kram verdrehte die Augen. „Das ist einfach nicht fair!“, murmelte er. „Vor ein paar Minuten dachte ich noch, dass alles gut wird – und jetzt passiert so etwas!“

„Alles wird gut“, sagte Eara überzeugt. „Bisher ist noch jedes Mal alles wieder gut geworden und das wird es auch diesmal.“

Kram streichelte Merla über das graue Fell und setzte sie auf den Boden. „Dann mal los. Lauft weg und versteckt euch!“

Die drei Welpen blickten fragend zu den Kindern. Dann drehte Lonas den Kopf schon wieder in die Richtung, aus der die Magie zu kommen schien.

„Nein!“, zischte Thorn. „Rennt weg! Macht schon! Und passt gut auf euch auf!“

Endlich gehorchten die drei Welpen und liefen in die andere Richtung davon. Schon nach ein paar Metern waren sie im dichten Unterholz nicht mehr zu sehen.

„Also los“, sagte Kram leise. „Sehen wir zu, dass wir es zu den Bewahrern schaffen, ohne dass uns Varkur und seine Wardraks erwischen.“

Getrennte Wege

Noch vor ein paar Minuten waren die Kinder froh und hoffnungsvoll den Weg entlanggegangen. Diese Leichtigkeit war jetzt verflogen. Stattdessen pirschten sie sich langsam und vorsichtig voran. Bei jedem Schritt sahen sie sich besorgt um: Waren die schuppigen Wardraks wieder irgendwo? Oder lauerte da gar der böse Magier Varkur selbst? Doch der Wald schien vollkommen leer zu sein.

„Das gefällt mir nicht“, sagte Thorn leise.

„Wieso?“, fragte Eara.

„Weil es die letzten Male ganz genauso war. Es war ganz still und friedlich. Wir dachten, alles sei in Ordnung – und dann plötzlich: *Bumm!* Ein Angriff aus dem Hinterhalt.“

Eara winkte ab. „Das ist doch völlig unlogisch. Nur weil alles friedlich ist, heißt das doch nicht, dass im nächsten Moment Wardraks aus dem Gebüsch springen.“

Thorn kam nicht mehr dazu, ihr zu antworten, denn im nächsten Moment sprangen drei Wardraks aus dem Gebüsch! Sie hatten offenbar nur auf den richtigen Moment für einen Angriff gewartet. Jetzt, wo die Welpen fort waren, hatten sie freie Bahn!

„Pass auf, Kram!“, rief Eara. „Einer ist hinter dir!“

Kram wirbelte herum, um das Echsenwesen mit seiner Axt

zu treffen, doch es wich ihm geschickt aus und griff sofort von der anderen Seite wieder an.

„Die lernen schnell“, presste Kram hervor, während er sich vor den Klauen des Wardraks wegduckte. „Ich glaube, die haben sich etwas von unserer Taktik abgeguckt.“

„Achtung, Eara!“, schrie Thorn. Die junge Zauberin wurde von zwei der Kreaturen gleichzeitig angegriffen. Thorn trieb eine davon ein Stück zurück. So hatte die Zauberin genug Zeit, um nach ihrem Kristall zu greifen und rasch einen Zauberspruch zu murmeln. Sekunden später erhob sich rund um den zweiten Wardrak ein Wirbel aus Sand, Laub und Zweigen, der ihm die Sicht versperrte.

„Super!“, rief Chada.

„Das ist ganz schön anstrengend“, keuchte Eara. „Selbst mit dem Kristall kann ich das nicht mehr oft machen.“

Chada sah, dass Eara Schweißperlen auf der Stirn standen.

Thorn schwang sein Schwert und hielt damit einen Wardrak von sich fern. „So schaffen wir das nicht!", erklärte er. „Die warten, bis wir müde genug sind, und dann war's das."

„Vorsicht, Kram!" Chada feuerte einen Pfeil ab, um einen Wardrak zu vertreiben, der gerade den Zwerg angreifen wollte.

Kram sah erschöpft zu Eara. „Hast du vielleicht irgendeinen Zauber auf Lager, mit dem du die Biester von hier wegbekommst?"

Eara schüttelte den Kopf. „Unmöglich. Die sind viel zu groß und schwer." Sie überlegte kurz, dann kam ihr eine Idee: „Aber vielleicht geht es ja andersrum …"

„Was meinst du?", fragte Chada.

Statt zu antworten, winkte Eara die anderen zu sich. „Versucht alle, euch so nah wie möglich neben mich zu stellen! Beeilt euch! Noch habe ich genug Kraft dafür!"

Chada, Thorn und Kram versuchten, Earas Aufforderung zu folgen, aber das war gar nicht so einfach. Die Wardraks versuchten immer noch, die Kinder anzugreifen. Doch endlich standen alle vier eng beieinander.

„Hakt euch mit den Armen unter!", befahl Eara.

„Dann kann ich meinen Bogen nicht mehr benutzen", wandte Chada ein.

„Wenn alles gut geht, ist das kein Problem", erwiderte die Zauberin.

„Was in aller Welt hast du vor?", fragte Thorn. Er hakte sich bei Eara unter und wehrte mit dem anderen Arm einen Wardrak ab.

„Ganz einfach", antwortete die. „Die Wardraks sind zu schwer, um sie alle wegzupusten. Aber wir nicht."

Kram blieb der Mund offen stehen. „Du willst *uns* durch die Luft segeln lassen?! Willst du uns kampfunfähig machen, damit Varkur das nicht machen muss?"

„Wenn alles gut geht, landen wir auf einem der Baumwipfel. In Sicherheit und weit weg von den Wardraks. Aber wir haben nur einen Versuch."

„Ich höre immer ‚Wenn alles gut geht!'", beharrte Kram. „Und was ist, wenn *nicht* alles gut geht?"

Eara sah ihn grimmig an. „Wenn wir nichts tun, nehmen uns die Wardraks gleich hier unten auseinander. Willst du das?"

Eines der riesigen Echsenmäuler schnappte gefährlich nah an Krams Hand, bevor er das Biest mit der Axt zurückdrängte.

„Na gut", sagte er und hakte sich mit dem freien Arm bei Chada unter. „Ich bin bereit zum Abflug."

Thorn stieß sein Schwert nach vorn, um einen weiteren Wardrak abzuwehren. „Ich auch", sagte er dann.

Chada nickte. „Los geht's."

„Alles klar!", rief Eara. „Gut festhalten!"

Sie umklammerte den Kristall, so fest es ging, streckte ihn in die Höhe und legte alle Konzentration, die sie aufbringen konnte, in den Zauber.

In Earas Gedanken formte sich ein Bild von Wind und Sturm, von wilden Böen, die alles mitrissen, was sich ihnen in den Weg stellte.

Dann mischte sie ein zweites Bild hinein: das von einer großen Welle, die ein Boot mit aller Macht in Richtung Ufer schob, am Strand aber verebbte und ihre Last sanft auf dem Sand absetzte.

Diese beiden Dinge musste Eara vereinen: die Kraft und Wucht des Windes und das ruhige Ausgleiten der Welle.

Als sie das Gefühl hatte, das richtige Gleichgewicht gefunden zu haben, lenkte sie ihren Willen in den Kristall. Ein grüner Blitz erschien in dem Stein – und im selben Moment sprang ein Wardrak mit voller Wucht gegen die vier Kinder!

Der Wind, den Eara beschworen hatte, hob an und riss die Kinder nach oben – weg von den wilden Echsenwesen. Doch Chada hatte bei dem Aufprall ihren Griff um Eara verloren. Sie versuchte, den Arm der Zauberin wieder zu greifen zu bekommen, aber es war zu spät. Eine Böe riss Chada zusammen mit Kram von Eara fort!

Eara und Thorn wurden von dem Zauberwirbel, den die Zauberin beschworen hatte, höher und höher getragen, bis über das Blätterdach – hinein in den sonnigen Nachmittagshimmel.

Chada und Kram hingegen schleuderte ein weiterer wild peitschender Sturmwind quer durch den Wald. Zweige schlugen ihnen ins Gesicht, Blätter verfingen sich in ihren Haaren, und jeden Moment fürchteten die beiden, gegen einen der vielen Stämme zu prallen. Doch ein unglaubliches Glück bewahrte sie vor diesem Schicksal.

Chada kam mit der Schulter zuerst auf dem Boden auf und versuchte, sich möglichst gut abzurollen. Durch die Wucht des Windes kullerte sie noch ein paar Meter, bevor sie zwischen zwei Bäumen zum Liegen kam.

Sie brauchte einen Moment, bevor sie wieder klar denken konnte, dann setzte sie sich auf und sah sich um. Eben noch war Kram bei ihr untergehakt gewesen, aber nun konnte sie ihn nirgendwo mehr entdecken. Wo war er?

Chada hörte ein Stöhnen hinter sich und drehte sich danach um. Dann musste sie lachen. Kram war von dem Wind an einen der Bäume geweht worden. Sein Gürtel hatte sich an einem tief hängenden Ast verfangen und nun baumelte der Zwerg kopfüber einen halben Meter über dem Boden.

„‚Wenn alles gut geht', hat sie gesagt!", murmelte er genervt. „Und ich hab noch gefragt: ‚Was ist denn, wenn nicht alles gut geht?' Ich hätte mich nie auf diesen Unsinn einlassen dürfen!"

„Kram! Alles in Ordnung?", frage Chada und versuchte, ihr Lachen zu unterdrücken.

„Klar“, erwiderte Kram trocken. „Kopfüber an Bäumen hängen ist mein neues Hobby! Aber du darfst mir jetzt trotzdem gern runterhelfen.“

Chada ging zu ihm und kurz darauf stand Kram wieder richtig herum auf dem Waldboden.

„Wo sind denn Eara und Thorn?“, fragte er.

Chada hob die Schultern. „Keine Ahnung. Als ich sie das letzte Mal gesehen habe, sind sie immer höher geflogen.“

„Das hat ja bei uns nicht so richtig geklappt“, erklärte Kram. „Meinst du, wir finden sie wieder?“

„Das wird schwierig“, sagte Chada. „Die waren schon ganz schön weit weg. Entweder hat es geklappt – dann sitzen Eara und Thorn jetzt irgendwo ganz oben auf einem der Bäume – oder sie wurden wie wir in irgendeine Ecke des Waldes geweht.“

Kram sah sich um. „Immerhin sind wir die Wardraks los.“

Chada nickte und blickte sich einmal nach allen Seiten um.

„Dahinten wird der Wald etwas heller“, sagte sie dann. „Da geht es bestimmt zum Baum der Lieder.“

„Du willst einfach weitergehen?“ Kram gefiel das nicht. „Ohne Eara und Thorn?“

„Es würde zu lang dauern, sie zu suchen. Wir haben keine Ahnung, wo die beiden sind“, meinte Chada.

„Ich finde es aber gar nicht gut, sie einfach zurückzulassen“, beharrte Kram.

„Wir lassen sie nicht zurück, wir holen Hilfe“, erwiderte Chada. „Das ist das Beste, was wir im Moment tun können.“

Kram seufzte. „Wahrscheinlich hast du recht. Trotzdem fühlt es sich irgendwie falsch an.“

Er spähte noch einmal nach oben. Saßen Eara und Thorn vielleicht auf einem der Bäume? Doch es war nichts zu erkennen.

„Gut“, sagte er schließlich. „Gehen wir zu den Bewahrern.“

Sie liefen los – immer in die Richtung, in der der Wald ein wenig heller wurde.

Tatsächlich wäre es für Kram sehr schwierig gewesen, Eara und Thorn zu sehen, denn der Zauberwind hatte sie ein ganzes Stück weggetragen und dann weit, weit oben auf einem großen Ast abgesetzt. Genauso sanft, wie Eara sich das vorgestellt hatte.

Von diesem Aussichtspunkt aus suchten die beiden nun ihrerseits nach Chada und Kram. Doch so sehr Eara und Thorn sich auch anstrengten, sie konnten ihre Freunde nirgendwo entdecken.

„Meinst du, ihnen ist etwas passiert?“, fragte Eara.

„Glaub ich nicht“, sagte Thorn. „Du kennst doch Kram. Wenn der Hilfe braucht, kann er sehr laut werden.“

Bevor Eara antworten konnte, hörten die beiden ein Geräusch, das vom Fuß des Baumes kam, auf dem sie saßen.

„Vielleicht sind sie das?“, flüsterte sie überrascht.

Die beiden Kinder spähten in die Tiefe und sahen plötzlich zwei Gestalten, die direkt unter ihnen auftauchten. Doch es waren nicht Chada und Kram.

„Der eine Typ da, der in der Rüstung – das ist doch Prinz Thorald!“, sagte Thorn leise. „Aber er ist ja gefesselt und geknebelt!“

Eara nickte und deutete auf die zweite Gestalt. Es war eine hagere Person in einem schwarzen Umhang. Gerade nahm sie ihre Kapuze ab, und selbst aus dieser Entfernung und diesem Blickwinkel erkannten die beiden Kinder sofort, wen sie da erblickten.

„Das ist Varkur!“, stieß Eara leise hervor.

Es stimmte. Der böse Magier, der hinter all dem Unheil mit den Wardraks steckte, stand genau unter dem Baum, auf dem Eara und Thorn gerade saßen!

„Wo sind diese Kinder hin!“, hörten sie ihn fluchen. „Die Wardraks hatten sie doch genau hier eingekreist! Wie können sie jetzt einfach weg sein?!“

Der Magier legte seine Fingerspitzen aneinander und schloss die

Augen – einen Moment später raschelte es zwischen den Bäumen. Eara und Thorn sahen von oben, wie ein Wardrak gehorsam auf Varkur zutrottete und ihn aufmerksam ansah.

Eara verschlug es den Atem, als sie das gefährliche Wesen so ruhig und folgsam sah.

„Findet die Kinder!“, zischte der Magier. „Findet die Kinder und bringt mir endlich den Kristall des Mädchens!“

Während der Wardrak wieder verschwand, sahen Thorn und Eara sich überrascht an.

„Den Kristall des Mädchens?“, flüsterte Thorn. „Meint er etwa …?“

Eara atmete tief durch. „Varkur hat es auf meinen Zauberkristall abgesehen!“

Flucht zu den Bewahrern

Chada und Kram eilten durch den Wald. Sie konnten in der Ferne bereits die riesige Palisade aus senkrecht stehenden Baumstämmen erkennen, die das Gebiet der Bewahrer umschloss.

„Was machen wir denn, wenn Varkur die anderen in der Zwischenzeit findet?“, fragte er. „Wir müssen uns beeilen!“

„Es bringt nichts, noch schneller zu gehen“, beruhigte ihn Chada. „Es ist besser, die ganze Zeit ein Tempo durchzuhalten, als ständig loszurennen und völlig erschöpft wieder anzuhalten.“

Ein Geräusch hinter ihnen ließ Kram herumfahren. „Ich glaube, im Moment sollten wir aber besser rennen – und möglichst nicht wieder anhalten!“ Er deutete zurück auf das Stück Weg, das sie bereits hinter sich hatten. Dort stand einer der Wardraks!

Das Biest war noch ziemlich weit entfernt, hatte aber soeben die Kinder entdeckt. Und nun begann es, auf sie zuzuspurten!

„Los, abhauen!", rief Chada.

Jetzt rannten beide, so schnell sie konnten. Sie sprangen über Wurzeln, wichen Löchern und Unebenheiten auf dem Weg aus und kamen mit jedem Schritt ihrem Ziel immer näher – einem großen, hölzernen Tor, das in die Siedlung der Bewahrer führte.

„Wenn wir es dahinein schaffen, sind wir in Sicherheit", keuchte Chada. „Der Zaun ist stark genug, um Wardraks abzuhalten!"

„Ist ja toll", erwiderte Kram, ohne langsamer zu werden. „Aber ich sehe da ein Problem: Das Tor ist zu!"

Es stimmte: Die mächtige Pforte war geschlossen. Und solange das so blieb, rannten Chada und Kram in eine Sackgasse!

Kram drehte sich kurz um. Der Wardrak war schon viel näher als noch vor wenigen Augenblicken. Kram konnte das Klackern der Krallen deutlich hören und sah, wie Stöcke am Boden zerbrachen und die Splitter zu allen Seiten flogen, wenn die Kreatur darauf trat.

„Aufmachen!", rief Chada, so laut sie konnte. „Macht das Tor auf! Wir brauchen Hilfe!"

Keine Reaktion.

„Aufmachen!", wiederholte Chada. „Hallo?! Hört mich jemand?!"

Noch immer war keine Bewegung am Tor zu sehen.

„So wird das nichts", brummte Kram. „Lass mich mal."

Er holte im Laufen tief Luft – und im nächsten Moment drang aus seinem kleinen Körper eine Stimme, die viel lauter war, als Chada es für möglich gehalten hätte.

„HILFE! MACHT DAS TOR AUF!!!"

Die Worte hallten mit unglaublicher Kraft durch den Wald und wurden als Echo von den Bäumen zurückgeworfen. Chada hatte das Gefühl, als wäre der Klang direkt durch sie hindurchgefahren.

„So", sagte Kram wieder mit normaler Stimme. „Das hat jetzt hoffentlich jemand gehört."

„Wenn die Bewahrer das nicht gehört haben, dann sind sie taub", erklärte Chada.

Kram blickte wieder zu dem Wardrak, der immer näher kam. „Dann hoffe ich für uns, dass sie gut hören können …"

Jetzt endlich ruckte das Tor ein wenig und dann öffnete es sich ein Stück! Chada lachte auf: Sie konnten es schaffen. Gleich wären sie gerettet!

Ein Gesicht schaute durch den Spalt zu den beiden Kindern – und einen Moment später hörten sie eine Frauenstimme rufen: „Schnell! Ihr schafft das!"

Chada strengte sich an, noch etwas schneller zu laufen, und auch Kram zwang seine Beine zu noch mehr Leistung. Doch er konnte unmöglich mit dem viel größeren Mädchen mithalten, und mit jedem Schritt fiel er ein Stück weiter zurück.

Fast glaubte er, den Atem des Wardraks in seinem Nacken zu spüren. Kram wagte es nicht, sich noch einmal umzudrehen – was, wenn das Untier wirklich bereits so nah hinter ihm war?!

Jetzt sah Kram Chada durch den Spalt am Tor schlüpfen! Sie war gerettet – doch ihm fehlten noch zehn Schritte.

Kram spürte einen Windstoß, als eine Klauenpranke seinen Rücken knapp verfehlte.

Noch fünf Schritte.

Ein Maul schnappte nur Zentimeter hinter seinem Unterschenkel zusammen.

Noch zwei.

Ein paar Hände streckten sich ihm aus dem Torspalt entgegen.

Noch einer.

Kram zwängte sich durch die schmale Öffnung und ließ sich erschöpft auf den Boden fallen.

Jemand schob das Tor hinter ihm sofort zu, und noch bevor der mächtige Riegel ganz eingeschnappt war, KNALLTE der Wardrak von der anderen Seite dagegen.

Das große Tor zitterte, aber es hielt stand.

Kram atmete durch. Er sah, wie ein gewaltiger Holzzapfen in den Riegel des Tors geschoben wurde. Nun war das Tor wieder verschlossen.

Kram schaute zu Chada, die neben ihm auf dem Waldboden saß. „Puh", keuchte er. „Wir sind in Sicherheit."

Die beiden brauchten ein wenig Zeit, um wieder zu Atem zu

kommen. Dann sah Kram dankbar zu der Frau, die ihnen das Tor geöffnet hatte. Sie war schlank, hatte braune Haare und trug eine Art Mönchsgewand.

„Danke, dass Sie uns geholfen haben", sagte er.

„Ihr hattet Glück, dass ich gerade in der Nähe war", sagte sie und lachte dann. „Obwohl: Deine Stimme hat man bestimmt bis in die Archive im Baum der Lieder gehört."

Sie wischte sich das Haar aus der Stirn. „Entschuldigt bitte, ich habe mich noch gar nicht vorgestellt. Mein Name ist …"

„Larissa!", unterbrach Chada sie. „Ich kenne dich. Du bist die Heilerin."

Die Frau sah Chada überrascht an. „Woher kennst du mich?", fragte sie. Doch dann erkannte sie sie. „Chada?!", rief sie freudig. „Bist du es wirklich?!"

Chada nickte. „Ja! Und das hier ist mein Freund Kram. Wir brauchen dringend eure Hilfe! Freunde von uns sind in Gefahr!"

„Ich bringe euch zu Melkart!", sagte Larissa. „Er wird es sowieso gar nicht erwarten können, dich wiederzusehen. Josella ist leider ausgerechnet jetzt auf Reisen."

Auf dem Weg in Richtung Baum der Lieder sah Kram fragend zu Chada. „Melkart und Josella?", wunderte er sich.

„Meine Adoptiveltern", erklärte Chada. „Sie haben sich um mich gekümmert, nachdem meine leiblichen Eltern gestorben waren."

Larissa führte die beiden Kinder auf eine große Lichtung, auf der viel Betrieb herrschte. Hütten standen am Rand der offenen Fläche, und Männer und Frauen eilten geschäftig hin und her. Ihre Kleidung ähnelte der von Larissa: einfache Gewänder aus braunem Stoff mit weiten Ärmeln und Kapuzen. Zwischen ihnen spielten Kinder in Gruppen oder allein.

Das alles nahm Kram aber kaum wahr, denn etwas anderes zog seine Aufmerksamkeit auf sich: Mitten auf der Lichtung stand ein Baum. Es war der größte Baum, den Kram jemals gesehen hatte. Sein Stamm war gewaltig – fast so breit wie der große Saal in der Rietburg, und seine Krone schien bis in den Himmel zu reichen.

Im Stamm des Baumes befand sich eine große Tür, und Fensteröffnungen verteilten sich auf allen Höhen darüber.

Sie standen direkt vor dem Herzstück des Gebiets der Bewahrer: dem Baum der Lieder.

„Wow!", entfuhr es Kram.

„Chada!", rief eine Stimme. Ein bärtiger Mann mit dunklen Haaren kam auf sie zugelaufen. „Kind, da bist du ja wieder!"

Der Mann umarmte Chada und plötzlich fühlte sie sich so sehr zu Hause wie schon lang nicht mehr. Die Erinnerungen an viele schöne Jahre füllten plötzlich ihren Kopf und einen Moment lang fühlte sie sich beschützt und geborgen.

Chada blieb noch ein wenig in der Umarmung, dann löste sie sich und deutete auf ihren Freund.

„Vater Melkart, das ist Kram. Kram, das ist Melkart, oberster Priester der Bewahrer und mein Adoptivvater."

„Willkommen am Baum der Lieder", sagte Melkart lächelnd.

Kram brauchte einen Moment, um zu verstehen, was Chada da eben gesagt hatte. „Hast du ‚oberster Priester' gesagt?", fragte er. „Heißt das, dein Adoptivpapi ist hier der Boss?"

Melkart lächelte. „Ganz so würde ich das nicht formulieren, aber ganz falsch ist es auch nicht."

„Wow!", wiederholte Kram. „Wieso erzählst du so etwas denn nicht, Chada?!"

„Priester Melkart", meldete sich Larissa zu Wort, „Chada sagte mir, dass die beiden Hilfe brauchen."

„Stimmt", platzte Kram heraus. „Freunde von uns sind in großen Schwierigkeiten! Es geht um Wardraks und um den Magier Varkur!"

Melkarts Gesicht wurde ernst. „Varkur …", wiederholte er. „Erzählt mir mehr."

In den nächsten Minuten fassten Chada und Kram rasch alles zusammen, was sie seit ihrer Abreise aus der Rietburg erlebt hatten. Sie erzählten von dem verwüsteten Feld, von den Wardraks, die von Varkur kontrolliert wurden, von Prinz Thoralds Entführung, und dass sie Eara und Thorn verloren hatten.

„Und deswegen müssen wir König Brandur benachrichtigen!", schloss Chada.

Melkart nickte. „Das werde ich sofort veranlassen. Und danach werden wir einen Trupp zusammenstellen, der nach euren Freunden und dem Prinzen sucht.“

„Danke, Vater Melkart!“, sagte Chada.

Melkart ging zu einer Gruppe Männer und Frauen und sprach mit ihnen. Einige von ihnen gingen durch die Tür in den Baum der Lieder und eine Minute später schoss aus der Krone des Baumes plötzlich ein brennender Pfeil bis weit in den Himmel hinauf.

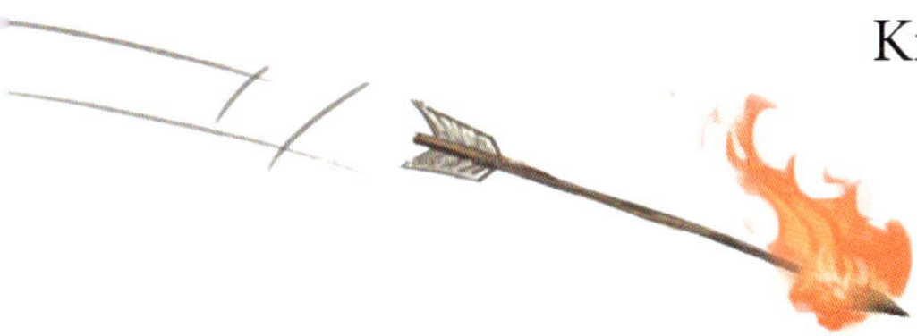

„Das ist das Signal an den König“, erkannte Chada. „Damit wird ihm gesagt, dass es eine Gefahr im Wachsamen Wald gibt und dass er helfen muss. Hoffentlich kommt er schnell!“

Kram nickte. Das hoffte er auch.

Auf dünnem Ast

„Schau mal dort! Der Pfeil!“ Eara stieß Thorn vorsichtig in die Seite, damit sie ihn nicht aus dem Gleichgewicht brachte. Schließlich saßen die beiden immer noch weit oben auf dem Baum und durften auf keinen Fall hinunterfallen.

Als sie den Pfeil sahen, wussten sie sofort, was das bedeutete.

„Chada und Kram haben es zu den Bewahrern geschafft!“, flüsterte Thorn. „Dann sind wir vielleicht bald gerettet.“

Eara sah nach unten, wo noch immer der böse Magier Varkur stand. Er lief unruhig hin und her und wartete wohl auf Nachricht von seinen Wardraks.

„Varkur will also deinen Kristall“, sagte Thorn leise. „Heißt das, das alles hier war bloß eine Falle für uns?“

Eara nickte. „Wahrscheinlich. Er hat wohl geahnt, dass der König wegen eines kaputten Felds nicht gleich seine stärksten Leute losschicken würde – und hat gehofft, dass wir es sein würden.“

Bevor sie weiter überlegen konnten, sahen sie, wie Varkur dem Prinzen plötzlich den Knebel aus dem Mund nahm.

„So, *Prinz!*“, sagte der Magier und spuckte das Wort aus. „Wollt Ihr mir nicht sagen, wo sich Euer Kindergarten herumtreibt?!“

„Von mir werden Sie gar nichts erfahren!“, presste der Prinz hervor. „Ich weiß nichts, und wenn ich etwas wüsste, würde ich es Ihnen nicht sagen!“

„Spielt Ihr jetzt etwa den edlen Ritter?“ Varkur grinste höhnisch. „Die Rolle passt nicht zu Euch, Thorald! Ich weiß doch, dass Ihr meine Abneigung gegen diese Blagen teilt. Warum wollt Ihr sie dann vor mir beschützen?“

Plötzlich klang die Stimme des Magiers ganz sanft und lieb. „Wenn Ihr mit mir zusammenarbeitet, wird es sich für Euch lohnen. Wollt Ihr nicht schon lang die Macht über die Rietburg erlangen? Ohne dass Euch König Brandur im Weg ist? Ich kann dafür sorgen. Ich *werde* dafür sorgen.“

„Pah!“, rief Thorald laut und warf demonstrativ den Kopf in den Nacken, sodass er nach oben schaute.

„Ich werde …“, begann er, während er zum Himmel blickte – doch plötzlich hielt er inne. Eara merkte, dass Prinz Thorald ihr genau in die Augen schaute!

„Thorald hat uns gesehen!“, flüsterte sie Thorn erschrocken zu.

Der Prinz senkte den Kopf wieder und sah zu Varkur. „Ich werde“, fuhr er fort, „über das Angebot nachdenken.“

„Nachdenken?!“, rief Varkur verärgert. „Ich glaube, Ihr versteht nicht ganz, in welcher Lage Ihr Euch befindet!“

„Doch“, erklärte der Prinz. „Ihr habt mir ein Angebot gemacht und ich brauche Zeit, um mir zu überlegen, ob ich es annehme.“

Varkur stopfte dem Prinzen den Knebel zurück in den Mund.

„Also gut“, sagte der Magier. „Ich gebe Euch eine Viertelstunde!“

Oben auf dem Baum sahen sich Eara und Thorn erschrocken an. Konnte das sein? Wollte der Prinz tatsächlich König Brandur verraten?

Da plötzlich bemerkte Thorn etwas. Der Prinz lugte unauffällig zu den beiden Kindern hoch und zwinkerte ihnen zu!

„Er ist immer noch auf unserer Seite!“, flüsterte Thorn. „Er tut nur so, als ob er sich mit Varkur verbünden will.“

„Meinst du, er hat einen Plan?“, fragte Eara.

„Keine Ahnung“, gab Thorn zu. „Hoffentlich.“

„Wenn Varkur abhauen würde, könnten wir den Prinzen befreien“, sagte Eara.

Thorn nickte und sah nach unten. Leider schob der Magier weiter Wache vor Prinz Thorald und machte keinerlei Anstalten, zu gehen.

Eara überlegte. „Hast du gehört, was Varkur ihm angeboten hat?“, fragte sie Thorn leise. „Die Macht über die Rietburg!“

„Klar, hab ich! Aber wie will er die denn bekommen?“

„Mit dem Kristall“, sagte Eara ernst. „Darum will er ihn haben. Der Kristall verstärkt vorhandene Kräfte. Ich bin noch Anfängerin, aber mithilfe des Kristalls kann ich besser zaubern als fortgeschrittene Zauberschüler. Varkur hingegen ist einer der stärksten Magier aller Zeiten.“ Sie wurde blass. „Und wenn der Kristall seine Fähigkeiten so verstärkt, wie er das mit meinen macht, dann wird Varkur dadurch unbesiegbar!“

Thorn nickte düster. „Und dann wäre das Rietland verloren. Das müssen wir verhindern!“

„Aber wie?!“, fragte Eara.

„Kannst du den Kristall nicht benutzen, um Varkur von hier oben zu überrumpeln?“, fragte Thorn.

„Zu gefährlich“, sagte Eara. „Varkur ist so stark, dass er sich dagegen wehren könnte. Und dann wüsste er, wo wir sind! Er könnte uns gefangen nehmen und uns den Kristall rauben.“

Thorn überlegte. „Dann sitzen wir hier oben also fest. Wenn wir runterklettern oder uns bemerkbar machen, erwischen uns Varkur oder die Wardraks und dann hat er den Kristall. Aber ewig hier sitzen bleiben können wir auch nicht, weil wir irgendwann auch mal etwas essen oder trinken müssen.“

„Nicht nur deswegen“, sagte Eara. Sie deutete auf den Ast, auf dem sie saßen. Er bog sich unter dem Gewicht der Kinder gefährlich nach unten.

„Das sieht nicht gut aus“, meinte Thorn besorgt.

Eara nickte unwohl. „Hoffentlich kommt König Brandur uns bald zu Hilfe.“

Heimliche Abreise

Weit entfernt vom Wachsamen Wald, auf den Mauern der Rietburg, erblickte eine Wächterin den brennenden Signalpfeil, der sich aus dem Baum der Lieder erhob.

Sofort informierte sie König Brandur, der gleich erkannte, dass das Signal etwas mit den Kindern und Prinz Thorald zu tun haben musste.

„Sie brauchen Hilfe", erklärte er seinem Waffenmeister Harthalt augenblicklich. „Wir müssen zu ihnen!"

In Windeseile ließen Harthalt und Brandur einen Trupp zusammenstellen, an dessen Spitze sie selbst in den Wachsamen Wald reiten wollten.

Die Aufregung, die plötzlich in der Burg herrschte, blieb auch Forn nicht verborgen. Sein Lehrmeister, der Sattlermeister Lankhart, erklärte ihm, was los war.

„Aber mach dir keine Sorgen um deine Freunde", sagte Lankhart zu ihm. „König Brandur wird das alles schon richten."

Forn vertraute dem König – aber das hieß nicht, dass er sich keine Sorgen machte. Wie auch?! Dort draußen war eine unbekannte Gefahr, die Eara, Chada, Kram und Thorn bedrohte. Natürlich machte er sich da Sorgen! Und auch wenn er eigentlich kein Held sein wollte, konnte er seine Freundinnen und Freunde nicht im Stich lassen!

Forn sah, dass König Brandur vor dem Palas gerade zu seinem Pferd ging, um das Zaumzeug zu begutachten. Gleich eilte er zu ihm.

„Majestät", begann Forn. „Ich möchte mit Euch in den Wachsamen Wald ausreiten. Meine Freunde sind in Gefahr und ich will ihnen helfen."

Der König schüttelte langsam den Kopf. „Deine Absicht ehrt dich", sagte er ernst, „aber das kann ich nicht verantworten. Vielleicht war es schon ein Fehler von mir, die anderen Kinder dorthin zu schicken. Aber es wäre auf jeden Fall falsch, jetzt auch noch dich in Gefahr zu bringen."

Er sah Forn entschuldigend an. „Ich weiß, dass du ihnen gern helfen möchtest", sagte Brandur. „Aber das tust du am besten, indem du hier wartest und uns unsere Arbeit machen lässt."

Forn verabschiedete sich enttäuscht und setzte sich auf die Treppenstufen, die zum Palas führten. Irgendetwas musste er doch tun können.

Plötzlich sah er aus dem Augenwinkel eine Bewegung, und einen Moment später landete der Takuri Turr flatternd neben ihm.

„Hallo Turr", begrüßte Forn ihn. „Weißt du vielleicht, was ich machen soll?"

Der Takuri sah ihn neugierig an.

„Worum geht es denn?", fragte Achs Stimme freundlich. „Vielleicht kann ich ja helfen."

Forn schaute auf und sah, dass das Mädchen aus Tulgor vor ihm stand. Er erzählte ihr von dem Signalpfeil aus dem Wachsamen Wald und dass der König ihn nicht auf die Reise dorthin mitnehmen wollte.

Aćh rümpfte die Nase. „Das ist wirklich unfair! Natürlich müssen wir zu ihnen, um zu helfen!"

Forns Miene hellte sich auf. „Das heißt, du willst auch mit?"

„Klar!", rief Aćh. „Und Turr kommt auch mit, oder?"

Der Takuri hopste aufgeregt auf und ab, als hätte er genau verstanden, was seine Hüterin gesagt hatte.

Forn dachte nach. „Gut – wenn wir zu zweit sind, habe ich auch schon so eine Idee, was wir tun können … Komm mit!"

Sie gingen hinüber zu den Ställen nahe dem Burgtor. Forn war oft mit seinem Lehrmeister hier, und darum kannte er auch alle Leute, die hier arbeiteten.

Gerade war nur Darwon zu sehen, der Heu zusammenharkte, das vor dem Stall lag. Darwon war Stallknecht und Forn verstand sich gut mit ihm. Bisher jedenfalls. Er hoffte, dass der Knecht ihm das, was er gleich tun würde, nicht übel nähme.

Forn winkte Darwon zu und ging zu ihm. „Hallo", sagte er. „Musst du nicht die Pferde für den Ausritt fertig machen?"

Darwon schüttelte den Kopf. „Das habe ich schon gemacht. Ich musste sie nur auf den Hof führen. Die Wache kümmert sich jetzt darum, dass sie richtig ausgerüstet werden. In spätestens zwei Stunden ist der König unterwegs."

Zwei Stunden!, dachte Forn. Das war ja noch eine Ewigkeit! Wer konnte schon sagen, was seinen Freunden in der Zwischenzeit im Wald alles passierte?! Ganz klar: Aćh und er mussten los, und zwar so schnell wie möglich!

Forn sah erleichtert, wie Aćh hinter Darwons Rücken in den Stall schlich.

Der Knecht hingegen ahnte nicht, was hinter ihm passierte, und plauderte munter drauflos. „Der Ritt ist ja ganz kurzfristig angesetzt worden. Da musste ich erst mal gucken, welche Pferde überhaupt bereit sind …"

Forn hörte gar nicht zu, was Darwon ihm alles erzählte. Stattdessen beobachtete er Aćh, die nun mit zwei Pferden im Schlepptau den Stall wieder verließ und die Tiere rasch durch das Burgtor nach draußen führte.

„… oder was denkst du, Forn?", beendete der Knecht seinen Redeschwall.

„Äh, was ich denke?", wiederholte Forn überrumpelt. Er hatte keine Ahnung, was der Knecht gesagt hatte.

Jetzt verschwand Aćh gerade mit den Tieren um die Ecke und die drei waren nicht mehr zu sehen.

„Ich denke, dass ich leider ganz schnell losmuss", sagte Forn hastig. „Tut mir leid, Darwon. Bis demnächst!"

Damit lief er los und ließ den verdutzten Darwon stehen. Der blickte ihm kurz verwundert hinterher, dann fuhr er unbekümmert damit fort, das Heu zu harken.

„Ein bisschen schlecht fühle ich mich ja schon, dass wir ihn so hintergangen haben", sagte Forn, während er auf eines der beiden Pferde stieg. Es waren schöne Tiere mit glänzendem Fell.

„Es ging nicht anders", beschwichtige Aćh ihn, die schon auf ihrem Pferd saß. „Je weniger Leute wissen, was wir vorhaben, desto besser. Und so bekommen die anderen wenigstens so schnell wie möglich Hilfe." Sie sah zu Forn. „Bist du bereit?"

Der junge Skral nickte.

„Na, dann los!", rief Aćh und ritt mit ihrem Tier los. Turr flog auf und folgte seiner Hüterin.

Auch Forn ließ sein Pferd nun losgaloppieren und folgte Aćh.

Gemeinsam preschten sie dem Wachsamen Wald entgegen.

Hilfe in der Not

„Ich glaube, sie sind so weit", rief Chada. Sie zeigte auf eine Gruppe Männer und Frauen mit Pfeil und Bogen, die sich vor dem Baum der Lieder versammelt hatten.

„Mit so vielen Leuten sollten wir es schaffen, die anderen zu finden und Varkur zu vertreiben", sagte Kram hoffnungsvoll.

Melkart lief gerade auf die beiden Kinder zu, da schallten plötzlich Alarmrufe über die Lichtung!

„Wardraks am Zaun!", rief jemand. „Wardraks am Zaun!"

Kram und Chada sahen sich überrascht an: Wardraks?!

Melkart sprach rasch mit einigen der Männer und Frauen, dann eilte er zu den Kindern. „Es tut mir leid", sagte er, „aber wir können den Baum jetzt nicht verlassen. Wir werden angegriffen und müssen uns verteidigen."

„Mit allen Leuten hier?!", wunderte sich Kram. „Varkurs drei Wardraks sind doch keine Gefahr für so viele Bewahrer!"

„Wie kommst du auf *drei* Wardraks?", fragte Melkart. „Es sind viel mehr. Unsere Wachen sagen, es seien mindestens zwanzig."

„Zwanzig Wardraks?!" Kram und Chada erschraken.

„Das ist nicht gut", sagte Chada. „Natürlich muss der Baum der Lieder vor ihnen geschützt werden."

„Und ebenso natürlich will ich zu Thorn und Eara zurück",

erklärte Kram. „Gibt es irgendwo eine Stelle, an der man rauskann, ohne den Wardraks zu begegnen?“

Chada sah ihn entsetzt an. „Du willst da raus?!“

„Ich muss!“, sagte Kram. „Hier drinnen kann ich nur zugucken. Da draußen kann ich etwas tun. Ich kann nachsehen, wie es Eara und Thorn geht, und ihnen helfen.“ Er grinste schwach. „Und vielleicht sogar Thorald befreien.“

Melkart schüttelte den Kopf. „Das ist viel zu gefährlich! Das kann ich nicht erlauben.“

„Und ich kann nicht einfach hier herumsitzen und nichts tun!“, antwortete Kram.

Der Bewahrer sah ihn sanft an. „Das ist aber das Beste, was du im Moment tun kannst“, sagte er. „Wenn ihr wollt, könnt ihr in meine Hütte gehen.“ Er lächelte aufmunternd. „Macht euch keine Sorgen. Wir kümmern uns um alles Weitere.“

Melkart nickte ihnen zu, dann ging er zu einer Gruppe von Bewahrern, um ihnen Anweisungen zu geben. Kram sah ihm genervt hinterher.

„‚Setzt euch in meine Hütte und trinkt Tee‘“, äffte er Chadas Adoptivvater nach. „Von wegen!“ Er sah zu Chada. „Du weißt doch bestimmt, wie man hier rauskommt, oder?“

Chada sag ihn erschrocken an. „Du willst dich seinen Anweisungen widersetzen?!“

„Darauf kannst du jedes einzelne Liedlein aus deinem Baum der Lieder wetten!“, erwiderte Kram. „Und wenn da draußen tausend Wardraks rumliefen, ich will zurück zu Eara und Thorn."

„Du weißt doch nicht einmal genau, wo sie sind!"

„Genau nicht", gab Kram zu. „Aber ungefähr. Ich gehe einfach zu der Stelle zurück, an die uns Earas Zauberspruch gepustet hat, und fange dort mit der Suche an. Wenn die beiden in Schwierigkeiten sind, werde ich sie bestimmt sehen oder hören."

Chada war nicht überzeugt. „Und was ist, wenn du dabei selbst in Schwierigkeiten gerätst?"

Kram hob die Schultern. „Dann ist das eben so. Das ist mir lieber, als nichts zu tun, während die beiden in Gefahr sind."

Chada atmete tief durch. „Gut, dann komm mit."

Rund um den Baum der Lieder war so viel Betrieb, dass niemand auf die beiden Kinder achtete. Überall liefen Männer und Frauen herum, die damit beschäftigt waren, die Verteidigung gegen die Wardraks zu organisieren.

Chada führte Kram einen schmalen Weg entlang, der vom zentralen Platz wegführte.

„Wir gehen zum östlichen Tor", erklärte sie. „Wenn ich das richtig verstanden habe, sind dort keine Wardraks. Und wenn wir uns danach südlich halten, kommen wir wieder dahin, wo wir Eara und Thorn zuletzt gesehen haben."

Kram stutzte. *„Wir?"* Er sah Chada fragend an. „Du musst nicht mitkommen", sagte er dann.

„Ich will aber", antwortete sie. „Eara und Thorn sind auch meine Freunde."

Kram lächelte. „Danke", sagte er dann.

Nach kurzer Zeit tauchte der äußere Zaun zwischen den Bäumen auf. Ein einzelner Bewahrer stand dort Wache.

Chada überlegte kurz. „Warte hier!", sagte sie dann zu Kram. „Ich erledige das."

Während Kram sich hinter einen Baum zurückzog, lief Chada zu dem Torwächter. „Ihr müsst sofort zu Priester Melkart!", rief sie ihm zu. „Es ist dringend!"

Der Wächter runzelte die Stirn. „Dringend? Was ist denn los?"

„Das weiß ich nicht, aber er hat gesagt, dass Ihr sofort kommen sollt", schwindelte Chada.

Der Wächter sah unsicher zum Tor. „Und mein Posten? Jemand muss doch Wache halten."

„Ich kann hier so lang aufpassen", bot Chada an. „Es ist doch im Moment ganz ruhig hier, oder?"

„Im Moment schon", bestätigte der Wächter.

„Dann los!", rief Chada. „Je schneller Ihr loslauft, desto schneller seid Ihr auch wieder zurück."

Der Wächter überlegte kurz, dann nickte er. „Wenn etwas sein sollte, dann ruf sofort nach Verstärkung."

„Mach ich", log Chada.

Sie sah dem Wächter nach, der in Richtung Baum der Lieder ging. Als er außer Sichtweite war, rief sie nach Kram. „Komm schnell, wir müssen uns beeilen! Wenn er Melkart findet, wird ihm sofort klar werden, dass etwas nicht stimmt."

„Ich glaube nicht, dass er Melkart so schnell finden wird", entgegnete Kram.

„Wieso das?", fragte Chada.

Kram trat aus seinem Versteck. „Weil Melkart schon hier ist."

Er deutete hinter sich, wo nun auch Chadas Adoptivvater zwischen den Bäumen hervortrat! Melkart musterte sie mit ernster Miene.

„Oh …", war alles, was Chada herausbrachte.

„Er ist plötzlich hinter mir aufgetaucht", erklärte Kram. „Er muss uns gefolgt sein."

„Es … es tut mir leid", sagte Chada.

Der oberste Bewahrer sah die beiden Kinder ernst an. „Ihr wollt also wirklich euren Freunden helfen. Und ich fürchte, es gibt nichts, was euch davon abhalten kann, richtig?"

„Absolut richtig!", erklärte Kram überzeugt.

Melkart überlegte. „Eigentlich ist das Wahnsinn. Andererseits weiß ich, dass ihr schon ganz andere Gefahren überstanden habt. Wer sich mit einem Drachen und einem Riesenkraken anlegen kann, weiß sich zu helfen."

Kram sah zu Melkart. „Das heißt, Ihr lasst uns gehen?", fragte er.

Der Bewahrer lächelte schwach. „Das heißt, dass ich euch nicht aufhalten kann."

Kram lachte auf. „Danke!"

Melkart sah zu Chada. „Du gehst auch mit ihm, nehme ich an?"

Chada zögerte. Es hatte sich so gut angefühlt, zurückzukehren, und sie hatte ein wenig gehofft, dass Melkart ihnen helfen werde, Varkur zu besiegen. Chada hatte ihn schon einmal verlassen, als sie heimlich aus dem Wachsamen Wald fortgelaufen war. Konnte sie ihm das jetzt schon wieder antun? Was würde er von ihr denken, wenn sie es tat?

„Ich … ich …", stammelte sie.

Melkart sah sie sanft an. „Sag es ruhig, es ist in Ordnung."

Chada merkte, wie sich ihre Augen langsam mit Tränen füllten. „Ich will dich nicht schon wieder enttäuschen", sagte sie.

Melkart schüttelte den Kopf. „Du hast mich nie enttäuscht. Damals nicht, als du fortgegangen bist, und auch diesmal nicht. Du musst dein Leben leben, Chada. Und ich meines. Aber hab keine Angst: Egal, wohin du gehst, wenn du mich brauchst, werde ich für dich da sein."

Chada umarmte ihren Adoptivvater und der erwiderte die Umarmung.

So standen sie einen Moment da, bis sich Kram räusperte. „Ich unterbreche ja nur ungern diesen innigen Familienmoment, aber da draußen sind ein böser Magier, ein gefangener Prinz und zwei unserer Freunde. Wollen wir uns jetzt um die kümmern?“

Chada musste lachen und ließ Melkart los.

„Bis später“, sagte sie.

„Bis später“, wiederholte Melkart.

Er öffnete das große Tor im Zaun und ließ Chada und Kram hinaus.

Die Kinder rannten davon, zurück zu dem Ort, an dem sie Eara und Thorn zuletzt gesehen hatten. Der oberste Priester der Bewahrer sah ihnen nach, bis sie zwischen den Bäumen verschwunden waren.

Eine unangenehme Überraschung

Forn war noch nie so schnell geritten wie jetzt. Es war, als spürten die Pferde, wie dringend Aćh und er zum Wachsamen Wald gelangen mussten, und die Tiere gaben alles, um die beiden mit allerhöchster Geschwindigkeit dorthin zu bringen. Der Wind blies ihnen ins Gesicht und die Felder und Büsche des Rietlands flogen nur so an ihnen vorbei. Auch der Takuri hielt in der Luft tapfer mit.

Der wilde Ritt endete an der Taubrücke. Die Pferde wurden langsamer und blieben vor dem schmalen Holzsteg stehen. Forn und Aćh stiegen ab und einen Moment später landete Turr auf der Schulter des Mädchens und tippelte nervös von einem Bein aufs andere, während Forn die beiden Pferde an einen der Eckpfeiler der Brücke band.

„Passt gut auf euch auf, ihr beiden", sagte er zu den Tieren. „Wir sind bald wieder zurück."

Er sah zu Aćh. „Bist du bereit?"

Aćh lachte. „Ein bisschen unheimlich ist der Wald ja schon … Aber wir müssen die anderen unbedingt finden."

Sie überquerten vorsichtig die schwankende Brücke. Forn ging voran und Aćh folgte ihm.

Endlich erreichten sie das andere Ende der Brücke. Sie blickten den Weg hinunter, der bis tief in den Wald führte.

„Hier müssen wir dann wohl lang“, sagte Forn und lief los.

Sie waren erst ein paar Minuten gegangen, da bemerkten sie plötzlich eine Bewegung. Forn zuckte zusammen – und Sekunden später standen er, Chada und Turr einem Wardrak gegenüber. Er starrte sie mit glühenden Augen an und hatte die Beine zum Sprung bereits angewinkelt.

Aćh und Forn sahen sich ängstlich an. Was sollten sie tun?

Kampf gegen den Magier

Oben auf ihrem Baum waren Eara und Thorn inzwischen so nah wie möglich an den Stamm gerückt. Sie hofften, dass ihr Gewicht den Ast dadurch weniger belastete und dieser weniger tief nach unten durchhing. Trotzdem hörten sie das Holz unter sich immer wieder knacken.

„Das gefällt mir nicht", sagte Thorn. „Können wir uns nicht auf einen dickeren Ast setzen?"

„Zu gefährlich", erwiderte Eara. „Das könnte Varkur mitkriegen."

Thorn sah nach unten zu dem Magier, der noch immer den geknebelten Prinzen bewachte.

„Meinst du wirklich, dass Thorald einen Plan hat?", fragte er.

„Keine Ahnung", gab Eara zu. „Vielleicht will er auch einfach nur Zeit schinden und hofft, dass wir bereits Hilfe gerufen haben."

In diesem Moment ertönte von unten Varkurs Stimme. „So, mein werter Prinz", erklärte der Magier, „genug Bedenkzeit! Wie ist Eure Entscheidung? Helft mir, die Kinder zu fangen, und Ihr werdet reich belohnt." Er zog Thorald den Knebel aus dem Mund. „Was sagt Ihr?"

Prinz Thorald sagte etwas, aber seine Antwort war vom Baumwipfel aus nicht zu verstehen.

„Was sagt er?“, flüsterte Thorn.

„Keine Ahnung“, antwortete Eara.

Thorn beugte sich vor, um besser hören zu können.

Ein kleines Stück …

Noch ein Stück …

Und noch etwas …

„Thorn nicht!“, zischte Eara erschrocken, doch es war bereits zu spät.

Der Ast, auf dem sie saßen, KRACHTE, und einen Moment später stürzten die beiden Kinder zwischen Ästen und Zweigen hindurch in die Tiefe!

Eara umfasste schnell den Kristall in ihrer Tasche und murmelte noch im Fallen einen Zauberspruch.

Ein leichter Wind kam von unten auf und die beiden fielen ein bisschen langsamer als zuvor. Thorn griff hektisch nach einem Ast.

Kurz fürchtete er, dass das Holz ihm durch die Finger gleiten würde. Doch dann schaffte er es, sich daran festzuhalten. Einen Moment lang hing Thorn mit beiden Armen an dem Ast, dann zog er sich mit aller Kraft daran hoch und setzte sich darauf.

Die Muskeln taten ihm weh, aber wenigstens war er nicht auf den Waldboden gekracht!

Er blickte sich um und atmete auf: Auch Eara hatte sich retten können! Sie saß auf einem anderen Ast ein Stück unter ihm.

Doch Thorns Erleichterung war schnell vorbei, denn unter sich hörte er wieder Varkurs Stimme.

„Wen haben wir denn da?“, rief er boshaft zu den Kindern hinauf. „Wie nett von euch, dass ihr direkt kommt, wenn man von euch spricht.“

„Wir haben keine Angst vor Ihnen!“, rief Thorn. „Wir haben Sie schon zweimal besiegt und das schaffen wir auch noch ein drittes Mal!“

„Ach ja?“, lachte der Magier und steckte dem Prinzen wieder den Knebel in den Mund. „Und wie wollt ihr das anstellen? Wollt ihr mich vielleicht mit Tannenzapfen bewerfen?“

Thorn und Eara sahen sich an. Natürlich hatte der Magier recht: Sie hatten keine Chance gegen ihn. Aber das würden sie ihm bestimmt nicht sagen.

„Ich habe den Kristall“, sagte Eara. „Und Sie wissen genau, welche Kraft er hat.“

„Der Kristall kann nur verstärken, was bereits da ist. Verglichen mit mir bist du ein Nichts. Und tausendmal nichts ist immer noch nichts!“

Der Magier lächelte böse. „Oder kannst du etwa das hier?!“ Er murmelte eine Beschwörung und stampfte dann einmal kräftig auf. Augenblicke später ließ ein Erdstoß den Wald erzittern! Tiere flohen aus den Büschen, Vögel flatterten überrascht auf und Eara und Thorn mussten sich an ihren Ästen festhalten, um nicht heruntergeworfen zu werden.

„Das ist eure letzte Gelegenheit, euch zu ergeben“, drohte Varkur. „Und ihr wisst doch selbst, dass ihr zwei gegen mich nicht gewinnen könnt.“

Er hob langsam die Hände, um einen magischen Spruch vorzubereiten, da sirrte es plötzlich zwischen den Bäumen. Etwas flog rasch durch den Wald und direkt auf den Magier zu!

„Au!“, rief der, fluchte und drehte sich im Kreis.

Thorn lachte auf: Im Hintern des Magiers steckte ein Pfeil!

Varkur zog den Pfeil ärgerlich heraus und warf ihn zu Boden. Ein Stück entfernt baute sich Chada auf dem Waldweg auf. „Wenn es nur die beiden wären, hätten sie vielleicht keine Chance“, rief sie und legte den nächsten Pfeil an. „Aber sie sind nicht allein!“

Chada schoss einen weiteren Pfeil ab. Diesmal war der Magier aber vorbereitet. Mit einer wischenden Handgeste und einer kurzen Beschwörung lenkte er die Bahn des Geschosses an sich vorbei. Doch während er das tat, nutzte Eara die Zeit für einen raschen Zauberspruch. Ein Windstoß hob den ersten Pfeil wieder in die Luft! Er raste erneut auf den Magier zu und traf ihn wieder am Hintern, an genau der gleichen Stelle wie zuvor!

„Au!“, schrie Varkur wieder und wirbelte herum, um zu sehen, woher der Pfeil gekommen war. Das nutzte Kram aus. Er schoss aus seinem Versteck zwischen den Bäumen hervor und KLATSCHTE die flache Seite seiner Axt auf die schmerzende

Stelle an Varkurs Hinterteil. Dann verschwand er schnell wie der Blitz wieder im Unterholz.

„Au, au, au!“ brüllte der Magier. „Genug!“

Er brach die Pfeile entzwei, die auf dem Boden lagen. Als er dann die Hände hob, erschraken die Kinder. Zwischen Varkurs Fingern loderte ein Feuer.

„Ein Feuerzauber!“, erkannte Eara. „Er will den Wald in Brand setzen!“

Chada legte mit zitternden Händen einen neuen Pfeil auf die Bogensehne. Aber sie war so nervös, dass sie abrutschte und der Pfeil ihr auf den Boden fiel. „Mist!“, fluchte sie.

„Eara, tu etwas!“, rief Thorn.

„Versuche ich ja!“ Sie konzentrierte sich und beobachtete genau die Bewegungen des Magiers.

Die Flammen zwischen seinen Fingern wuchsen und Augenblicke später schoss ein blendender Feuerstrahl aus ihnen hervor, genau in Chadas Richtung.

Eara versuchte, sie abzuwehren – sie schickte im selben Moment einen eiskalten Wind in Richtung der Flammen. Doch es

war nicht genug. Einen Augenblick lang schien es, als hielte der Wind die Flammen tatsächlich auf, doch dann raste das Feuer weiter auf die junge Bewahrerin zu – so schnell, dass Chada keine Chance hatte, ihnen noch auszuweichen.

Doch gerade, als alles zu spät schien, schoss ein goldfarbener Blitz aus dem Blätterdach hinab – direkt in den Weg des Feuerstrahls. Es war Turr, der Takuri, und er warf sich direkt gegen die Flammen!

Mit einem gewaltigen KNALL ließ Turr seine Schwingen zusammenklatschen. Die Wucht dieses Schlags drückte den Flammenstrahl zurück und lenkte ihn dorthin, woher er gekommen war: zurück Richtung Varkur!

Der schaffte es zwar, den Flammen selbst auszuweichen, doch der Luftstrom des Feuerstrahls riss ihn zu Boden.

„Woher ist Turr denn plötzlich gekommen?!", rief Eara atemlos.

Thorn sah sich um. „Da vorn steht Aćh!", rief er.

Tatsächlich: Zwischen den Bäumen tauchte nun auch die junge Takuri-Hüterin auf. *„Karra!"*, rief sie Turr zu. *„Karra!"*

Der Takuri kreiste bedrohlich über dem am Boden liegenden Magier, stets bereit, erneut anzugreifen.

Thorn sprang von seinem Ast und baute sich mit seinem Schwert vor Varkur auf. „Wagt es nicht, aufzustehen", wies er den Magier an.

Gleichzeitig richtete Chada ihren Bogen wieder auf Varkur.

„Bleiben Sie am Boden liegen“, rief sie. „Sonst schieße ich noch einen Pfeil ab.“

Auch Eara kam von ihrem Ast herunter. „Und ich spreche einen weiteren Zauberspruch.“

„Ich glaube, meine Axt willst du auch nicht noch einmal spüren“, kündigte Kram an.

„Mein Schwert erst recht nicht“, sagte Thorn.

„Von Turr ganz zu schweigen“, sagte Aćh, die jetzt zu den anderen trat.

„Mmhmmmpf!“, fügte Prinz Thorald hinzu, der immer noch gefesselt war und den Knebel im Mund hatte.

Kram sah zu Aćh hinüber. „Hallo übrigens. Und danke für die Rettung.“

„Wie bist du denn hierhergekommen?“, wollte Thorn wissen.

„Mit Forn zusammen!“, antwortete sie.

„Und wo ist der?“, wunderte sich Kram.

„Keine Ahnung“, gab Aćh zu. „Eben war er noch da.“ Ihre Wangen glühten vor Aufregung. „Aber ihr glaubt nicht, was eben im Wald passiert ist!“

Doch bevor sie es ihnen erzählen konnte, ertönte plötzlich Varkurs Stimme.

„Ihr denkt also, dass ihr gewonnen habt“, knurrte der Magier. „Aber wie üblich irrt ihr euch!“

Er schloss die Augen und einen Moment später ertönte überall um sie herum das rätselhafte Flüstern, das sie schon zuvor so oft gehört hatten. Einen Moment später sahen die Kinder in der Ferne eine Bewegung auf dem Waldweg. Irgendetwas kam rasch näher.

„Was ist das?!", rief Kram.

„Wardraks!", erkannte Eara.

Sie hatte recht. Es waren Wardraks. Eine ganze Horde rannte zwischen den Bäumen hindurch den Pfad entlang. Nicht drei, nicht zwanzig, nein es mussten fast hundert von ihnen sein! Und sie rasten direkt auf die Kinder zu!

Über den Köpfen der Kinder ertönte ein Kreischen, als Turr die Kreaturen erspähte. Ohne zu zögern, flog der Takuri ihnen entgegen.

„Turr, nein!", rief Aćh. „Es sind zu viele!"

Doch der Takuri hörte nicht auf sie. Er öffnete seinen Schnabel und schoss einen Feuerstrahl ab, der gewaltiger war als alles, was die Kinder je gesehen hatten. Die Flammen züngelten zwischen den Bäumen hindurch und trafen die ersten Wardraks. Die schreckten zurück und quietschten verängstigt.

Für einen Moment schien es, als sei die Gefahr gebannt und als würden die Wardraks die Flucht ergreifen.

Doch plötzlich erstarb der Feuerstrahl. Der Takuri kreischte noch einmal, dann verließen ihn die Kräfte und er fiel zu Boden.

„Oh nein!", rief Aćh. Sie wusste, was das bedeutete. Wenn ein Takuri all seine Kräfte eingesetzt hatte, verwandelte er sich zurück in ein wehrloses Küken. Es würde lange dauern, bis Turr wieder kräftig genug war, um zu kämpfen.

Aćh lief zu der Stelle, wo Turr auf den Waldboden gefallen war – und wirklich: Dort saß nun ein kleines, hilfloses Vögelchen, das mit großen Augen zu Aćh hinaufschaute. Sie nahm es schützend in ihre Arme.

„Alles ist gut, Turr. Ich bin für dich da."

Die Wardrakherde aber hatte inzwischen erkannt, dass der Takuri keine Gefahr mehr für sie darstellte. Langsam näherte sie sich der Gruppe, die noch immer um den Magier herum stand.

„Gib mir den Kristall, dann halte ich sie auf", sagte Varkur zu Eara. „Ansonsten viel Spaß bei dem Versuch, euch zu verteidigen."

Was sollten sie tun? Ihnen blieben nur noch Sekunden, um sich zu entscheiden. Auf keinen Fall durften sie dem Magier den Kristall geben. Aber wenn sie es nicht taten, würden sie unter den Klauenfüßen der Wardraks enden!

„Gib ihm den Kristall nicht!", rief Chada. „Er wird die Biester sowieso nicht aufhalten!"

„Aber was sollen wir dann machen?!", schrie Thorn.

„Achtung!!!", brüllte da eine Stimme quer durch den Wald. „Bahn frei!"

Die Kinder sahen in die Richtung, aus der die Stimme kam. Noch ein Wardrak galoppierte auf sie zu. Aber dieser war anders. Jemand saß auf ihm!

„Forn!", rief Eara überrascht. „Es ist Forn! Und er reitet auf einem Wardrak!"

Tatsächlich! Der junge Skral hielt sich geschickt auf dem Rücken des Echsentiers und lenkte es durch den Wald!

„Natürlich!", sagte Chada. „Skrale benutzen Wardraks als Reittiere!"

Aćh nickte. „Was glaubt ihr, wie ich hierhergekommen bin? Das wollte ich euch ja eben erzählen!"

Mit einem gewaltigen Sprung flog Forns Wardrak über die Gruppe hinweg.

„Keine Sorge", rief er ihnen zu. „Ich kümmere mich um die Viecher dahinten!"

Forn steuerte die schuppige Echse direkt auf die restliche Wardrakhorde zu. Als er sich ihr näherte, stieß er einen merkwürdigen Pfiff aus, in einer Tonlage, die keines der Kinder je gehört hatte.

Die wilden Bestien hielten abrupt inne und schauten zu Forn.

Der pfiff noch einmal, änderte dann mit seinem Wardrak die Richtung und ritt auf ihm wieder tiefer in den Wald hinein.

Die Horde zögerte keine Sekunde, sondern folgte ihm augenblicklich mit donnernden Schritten.

Sekunden später war die wilde Jagd zwischen den Bäumen verschwunden.

Forn hatte sie alle gerettet!

„Das war knapp!", seufzte Chada, als sie ihm hinterhersah.

„Ohne Forn wären wir von den Wardraks zu Mus zertrampelt worden", stimmte Kram zu.

„Dann ist das doch jetzt ein guter Moment, um mir endlich meinen Kristall zu geben", sagte Varkur.

Die Kinder fuhren überrascht herum. Im allgemeinen Chaos hatte niemand mehr auf den Magier geachtet. Varkur hatte den gefesselten Prinzen gepackt. Aus der freien Hand des Magiers züngelten wieder Flammen.

„Es ist ganz einfach", erklärte Varkur. „Entweder ihr gebt mir jetzt endlich diesen Kristall – oder eurem Prinzen hier wird es gleich sehr warm werden."

Prinz Thorald zappelte ängstlich, doch er konnte sich nicht befreien.

„Also los, wie entscheidet ihr euch?" Der Magier sah die Kinder böse an.

In letzter Sekunde

Eara, Thorn, Kram und Chada sahen sich an. Was sollten sie tun?

„Freu dich nicht zu früh, Varkur“, rief Kram. „Der König ist bereits unterwegs!“

„Und die Bewahrer kommen auch bald!“, fügte Chada hinzu.

„Bald ist aber nicht jetzt“, konterte Varkur. „Und ich habe nicht vor, noch allzu lang hierzubleiben. Los jetzt, gebt mir den Kristall!“

Eara zog den grünlich schimmernden Kristall aus ihrer Tasche und nahm ihn in beide Hände.

„Sehr gut“, sagte der Magier. „Jetzt bring ihn zu mir!“

Eara machte einen Schritt auf ihn zu, doch dann blieb sie wieder stehen und begann, sich zu konzentrieren. Das Leuchten des Kristalls wurde stärker.

„Was machst du da?!“, rief Varkur ärgerlich. „Lass das!“

Eara schien ihn gar nicht zu hören. Sie schloss die Augen, als das Licht des Kristalls noch heller wurde.

„Ich warne dich, Mädchen! Wenn du nicht sofort aufhörst, ist das das Ende eures Prinzen!“

Prinz Thoralds Gesicht war von Angst erfüllt, Schweißtropfen standen ihm auf der Stirn.

Die anderen sahen sprachlos, wie Earas Kristall immer heller leuchtete und in ihren Händen zu zittern begann.

„Gut, du hast es nicht anders gewollt!“, rief Varkur. Er hob seinen freien Arm. Mit der Hand formte er eine Klaue, mit der er direkt auf Prinz Thorald zeigte. Er atmete tief durch und begann dann einen Zauberspruch zu murmeln. Doch Eara unterbrach ihn: „Halt!“, rief sie. „Ihr habt gewonnen! Hier ist der Kristall!“

Das Licht des Kristalls verlosch abrupt. Eara hielt ihn dem Magier hin.

„Wenn Ihr den Prinzen freilasst und uns nichts antut, könnt Ihr den Kristall haben“, sagte sie.

„Spinnst du?!“, rief Kram. „Das kannst du doch nicht machen!“

Auch Thorn und Aćh sahen sie entsetzt an.

„Tu es nicht!“, rief Chada. „Das ist viel zu gefährlich!“

„Es geht nicht anders“, sagte Eara.

Der Magier senkte seine Hand und grinste böse. „Natürlich lasse ich euch alle gehen. Gern sogar.“

Sein Arm schoss nach vorn und er schnappte sich den Kristall. „Es wird nur kein Zuhause mehr geben, in das ihr zurückkehren könnt! Denn eure schöne Rietburg wird schon bald erfahren, welche Kräfte in mir schlummern!“

Mit einer abfälligen Bewegung stieß er Prinz Thorald zu den Kindern. Thorn nahm ihm rasch die Fesseln und den Knebel ab.

„Schaut mal!“, rief Kram. „Dort hinten!“

In der Ferne zwischen den Bäumen war erneut eine Bewegung zu erkennen. Erleichtert erkannten die Kinder, dass es Männer und Frauen in der Rüstung der Rietburg waren.

„Das ist mein Vater!“, entfuhr es Prinz Thorald. „König Brandur.“

„Sehr gut“, murmelte Varkur. „Verabschiedet Euch lieber von ihm, Prinz Thorald. Denn König Brandur wird der Erste sein, der meine volle Kraft zu spüren bekommen wird.“

„Nein!“, rief der Prinz. Er sprang nach vorn, um Varkur zu überwältigen. Doch ein Fingerschnipsen des Magiers reichte aus, dass er von diesem weggeschleudert wurde. „Dank dieses Kristalls ist mir niemand mehr gewachsen“, erklärte er. „Und jetzt habt ihr die Ehre, meine volle Stärke bewundern zu dürfen.“

Die Hände Varkurs umfassten den Kristall und er sah nun genauso konzentriert aus wie zuvor Eara.

„Geht in Deckung!“, warnte die junge Zauberin die anderen.

„Wieso?“, wollte Thorn wissen.

„Keine Zeit“, flüsterte Eara. „Duck dich einfach!“

Dann folgten sie alle ihrer Aufforderung. Sie beobachteten, wie der Magier

den Kristall immer höher hob und mit ihm direkt auf den König zielte.

Das Leuchten wurde stärker und stärker, bis es wehtat, in Richtung des Kristalls zu sehen …

Dann erschütterte eine gewaltige Explosion den Wald!

Mit offenen Mündern sahen die Kinder, wie der böse Magier weit über die Baumkronen hinauf in den Himmel geschleudert wurde.

„NEEEEEIIIIIINN!", hallte sein Schrei durch den Wald. Einen Moment später vernahmen sie ein entferntes PLATSCHEN. Der Magier war anscheinend direkt in die Wasser der Narne geplumpst.

„Was war das?!", fragte Kram entgeistert.

„Das", erklärte Eara, „war das Ende des Zauberkristalls."

Die vier Kinder und Prinz Thorald standen erleichtert auf und sahen zu König Brandur und seinen Leuten, die gerade zu ihnen eilten.

Wieder vereint

Ein paar Stunden später hatten alle am Fuß des Baumes der Lieder ihr Lager aufgeschlagen und saßen im Kreis um ein Lagerfeuer herum. Auch die Wolfswelpen waren wieder da und schlummerten selig im warmen Schein des Feuers.

Larissa versorgte die leichten Wunden, die die Kinder im Kampf davongetragen hatten, und Eara beendete gerade ihren Bericht an König Brandur.

„Bevor ich ihm den Kristall gegeben habe, habe ich versucht, ihn mit so viel Energie aufzuladen, dass es ihn schwächen würde – ähnlich, wie Thorns und mein Gewicht den Ast geschwächt hat, auf dem wir gesessen haben. Ich dachte mir, dass er dann vielleicht den nächsten Zauber nicht aushalten würde."

„Das war ein sehr kluger Gedanke!", lobte der König.

„Es war ein Risiko", warf der Prinz ein. „Was hättest du gemacht, wenn es nicht funktioniert hätte?!"

Der König räusperte sich. „Eara hat dich gerettet, Thorald. Ich denke, du solltest ihr dafür etwas dankbarer sein."

„Na gut", brummte der Prinz. „Danke." Sehr überzeugend klang er allerdings nicht.

Kram sah grinsend zu Chada. „Was hab ich dir gesagt?"

Chada nickte. „Wäre wohl auch zu schön gewesen, wenn der Prinz aus dem Abenteuer wirklich etwas gelernt hätte."

Aćh wandte sich an Eara. „Was ist denn jetzt mit deiner Zauberkraft? Ohne den Kristall, meine ich."

Eara lächelte und richtete ihre Hand auf einen Zweig, der am Boden lag. Sie legte ihre volle Konzentration in einen Zauber, aber der Zweig ruckelte nur ein Stück hin und her, bevor er wieder ruhig liegen blieb.

„*Das* ist damit", sagte Eara. „Sie ist wohl nicht mehr ganz so stark. Aber dann muss ich eben üben. So wie alle anderen Zauberschülerinnen auch."

„Wardrak!", ertönte plötzlich eine Stimme und ein Bewahrer eilte über den Platz zu Melkart. „Priester Melkart", keuchte er. „Ein Wardrak ist aufgetaucht! Und ein Skral reitet auf ihm!"

Bevor Melkart etwas sagen konnte, lachte Thorn auf. „Das ist Forn! Forn ist zurück!"

Melkart sah unsicher zu Chada. „Forn ist harmlos", sagte sie. „Und sein Wardrak bestimmt auch."

Melkart dachte kurz nach, dann erhob er seine Stimme. „Lasst ihn herein! Und tut ihm nichts!"

Kurz darauf trottete der Wardrak langsam auf das Feuer zu. Forn saß auf ihm und steuerte ihn gekonnt. Ein paar Schritte von den anderen entfernt ließ er das Wesen anhalten und stieg ab.

Er tätschelte die Wange der Kreatur und flüsterte „Hast du gut gemacht! Brav!"

„Ich hab die restliche Wardrakhorde wieder zurück in ihr

Revier geführt“, erklärte er dann laut. „Die sind jetzt weit weg vom Wachsamen Wald in einem Tal im Grauen Gebirge.“

Kram stand auf und ging neugierig zu den beiden. „Nette Echse“, sagte er trocken. „Also, abgesehen davon, dass sie mich wahrscheinlich gleich verspeist.“

„Er tut nichts“, versicherte ihm Forn. „Er mag mich!“

Kram war skeptisch. „Und ich mag Käsestullen. Aber das bedeutet für die Käsestullen trotzdem nichts Gutes.“

Auch Chada stellte sich jetzt zu den beiden. Sie legte eine Hand auf die Stirn des Wardraks und schaute ihm in die Augen.

„Was macht sie da?“, wunderte sich Larissa.

„Sie hat einen besonderen Draht zu Tieren und anderen Wesen“, erklärte Eara leise. „Keine Ahnung, was für ein Talent das genau ist, aber sie hat es.“

„Interessant", murmelte Melkart. „Das konnte sie früher noch nicht …"

Einen Moment später leckte der Wardrak Chadas Hand ab. „Er ist wirklich harmlos", verkündete sie.

„Dann darf ich ihn doch bestimmt behalten!", rief Forn.

König Brandur runzelte die Stirn. „Du bist ohne Erlaubnis aus der Burg fortgelaufen! Und dafür soll ich dich nun belohnen?"

„Aber Herr König", tadelte Kram im gleichen Tonfall, in dem Brandur zuvor mit Thorald gesprochen hatte. „Forn hat uns gerettet. Ich denke, dafür sollten Sie ihm etwas dankbarer sein."

König Brandur sah den Zwerg einen Moment lang sprachlos an, dann begann er laut zu lachen.

„Na gut, Kram. Na gut!" Er blickte auf den Takuri, der sich am Lagerfeuer an die schlafenden Wolfswelpen kuschelte. „Dann wird unser Zoo wohl noch ein bisschen größer."

„Super! Danke!", rief Forn.

„Wie hast du das Biest denn überhaupt gezähmt?", wollte Thorn wissen.

Forn hob die Schultern. „Ich hab damals bei der Skralhorde ein paar Tricks gelernt. Mein Adoptivvater hat darauf bestanden, dass ich weiß, wie man Wardraks zureitet. Er meinte, dass ein echter Krieger so etwas können muss."

Forn strich dem Wardrak über den Echsenschädel. „Aber der hier ist zum Glück ein ganz Lieber."

Eara runzelte die Stirn. „Wieso bist du vorhin im Wald eigentlich nicht sofort mit Aćh zusammen zu uns gekommen?"

Forn überlegte kurz. „Das war ein ganz spontaner Einfall. Als Aćh von dem Wardrak abgestiegen ist, hab ich mir plötzlich gedacht: Bei so einem Typen wie Varkur weiß man nie, was für Tricks dem noch einfallen. Da ist es gut, wenn er nicht gleich alles weiß. Deswegen hab ich mich dann etwas versteckt gehalten."

„Guter Gedanke", lobte Thorn.

Der Skral lächelte verlegen.

Vom Baum der Lieder her ertönte das Läuten einer Glocke. „Das Abendessen ist fertig!", verkündete Melkart.

„Ein Glück", erklärte Kram. „Ich hab schon einen Wahnsinnshunger."

Und während alle aufstanden, um zu den Tischen zu gehen, die unter dem Blätterdach des Baumes der Lieder aufgebaut worden waren, wandte Kram sich an Chada: „Vergiss nicht – dein Nachtisch gehört mir!"

ANDOR® JUNIOR

Thorn ist in der Nähe der Rietburg aufgewachsen. Er träumt davon, eines Tages ein tapferer Krieger zu werden und das Land Andor zu beschützen. Bis dahin übt Thorn mit seinem Holzschwert für den großen Tag.

Chada ist als Waisenkind im Wachsamen Wald bei den Bewahrern aufgewachsen. Die Bewahrer sammeln Wissen und schreiben die Geschichte von Andor auf. Die Bogenschützin Chada erlebt die Abenteuer jedoch lieber selbst, als nur von ihnen zu hören.